短篇小説集

toto ami

戸渡阿見

# バッタに抱かれて

たちばな出版

# 序文

この短篇集は、愉快で楽しい本なのに、初めにまじめな事を書きます。私はまじめな人間です。しかし、そのまじめを追求すると、この上なくおかしくなります。なぜなのか。それは、地球がまるいからです。東をどこまでも追求すると、西から帰ってくるのです。逆に、西をどこまでも追求すると、東から帰ってきます。だから、私は東や西から飛び始め、いつも地球をグルグル回っています。巨大なるアホウ島のように……。

ところで、私は文芸に生きていますが、その他にも予備校を創設し、その校長を三十一年続けています。以前産経新聞に、教育に関するコラムを、二年間連載したことがあります。それが、『大学入試合格の秘訣!・』という、本になりました。

私はもう、画集や詩集や料理本、ギャグ本、ビジネス書など、二三七冊も出版しました。アホウ鳥が、何回地球を回ったことか。これでお解りでしょう。

話を元に戻しましょう。

私は予備校の高校生や受験生に対し、時々文学や読書についてのコメントをします。読書に関しては、まずこれです。解説がついてる本は、まず、解説から読んだ方がいいことです。理由は、まず解説を依頼されて書く人は、少なくとも、受験生や大学生、また一般のＯＬやサラリーマンより、文学や本のテーマ、また作者に精通してるからです。受験生や大学生、またＯＬやサラリーマンが、解説者以上に鑑賞し、読解でき、評論できるとは思えません。それができるには、質の高い本を、数千冊読まないと不可能でしょう。それでなければ、誰が見ても納得できる評論や鑑賞が、できるはずがありません。

それから、子供を読書嫌いにする、読書感想文はなるべく教師はさせない方がいい。いつも、そう教師に勧めます。なぜなら、感想文といっても、アラ筋や印象を書くのが大半だからです。知的論評を含む感想と言える感想文は、一握りの読書好きの人にしか書けないからです。読破した本の、冊数競争なら大変有意義です。つまり、圧倒的な読書の量がなければ、まともな感想文は書けないのです。

あまり本を読まない子供にとって、文章を書くこと自体、特に読書感想文を書くことは、苦痛以外のなにものでもありません。ますます、読書が嫌いになります。だから、普通の子供には、読書感想文を書かせるより、本に興味を持ち、本が好きになる話を、どんどんするべきです。そして、最初はなるべく薄くて、面白い本から勧めるのです。教育的に見て有意義な本や、課題図書ほど、つまらない本が多いのです。それは、ベネチア映画祭などで、グランプリを取った映画が、あまり興行的に成功しないのと同じです。映画通には面白くても、一般人にはつまらないのです。それと同じで、読書通には面白い本でも、普通の子供にはつまらないのです。

何でもいいから、夏休みに本を読む課題を与えると、ほとんどの子供は、星新一を読んで来ます。読み易くて短く、面白いからです。最初は、このレベルからでいいのです。星新一の本を十冊読むと、飽きてきて、ほかの本が読みたくなるはずです。こうして、初めは質よりも量を大切にするのです。そして、感想文を書かせるよりは、本を読んだかどうか、何が書いてあったのか、口頭で確かめるだけで充分です。つまり、読書の量を増やす教育が、子供にとってはより大切なのです。自分でどんどん本を読む子に育てたら、もう教師の役割は終わりです。何もしなくても、その子は自分で大きくなり、独学で何でもマスターできるのです。また、あらゆるものを教師として、メキメキ自分で成長します。

その第一歩として勧めるのは、八時間ぐらい、休憩しながらカン詰めで読ませることです。もちろん、教師も側で一緒に読んで、遊ばないように見張るのです。すると、本を完読した達成感があり、読書が面白くなります。大きなクラスなら、子供の読書歴により、本のレベルを変えるべきです。ここから、うまく読書好きに育てるのです。

ところで、今は入試でも、予備校の発行する薄型問題集や、薄型参考書しか売れません。小説も、評論文も、本は薄めで字が大きくないと、あまり売れない時代です。だから、薄型で、字の大きな本を、解説から読んで解った気になるだけでいい。それで、どんどん量を読むのです。その方が、より有意義です。学校でも、そういう子供が一番成績がいい。社会人でも、そういう人が教養ある人達なのです。どんどん量をこなす内に、だんだん質が上がります。そして、いつの間にか解説者の読解レベルに近づき、追い越し、優れた自分の解説ができるようになるのです。これは、英語の学習でも全く同じです。

ここで、「説教臭いことを言う著者だ」と思った方、特に立ち読みしてる方に警告します。「この著者の作品は、序文とは全く違って、最初から最後まで、面白くて楽しいのです。第一弾の『蜥蜴』という短篇集でも、序文の高度で格調高い論評と、本文の軽薄さとのギャップが、最も面白かったという読者が、たくさんいたのです。だから、本文に行き着くまで諦めず、他の本に浮気することなく、立ち読みを続けてください！」

ところで、大学入試の現代文で、よく出題されるのは、最近は養老孟司、山崎正和、鷲田清一、村上陽一郎、河合隼雄です。その少し前は、山崎正和、養老孟司、大岡信、外山滋比古、大野晋でした。私の世代では、串田孫一、亀井勝一郎、唐木順三、谷川徹三、南原繁、小林秀雄などが、よく出ました。

まずはこうした本を、一冊でも多く読むことです。どの作者も、本当に面白い、いいエッセーや評論文を書きます。入試で選ばれる作家とは、大学教授が選んだ、知的に面白くていい文章を書く、作家なのです。こうして、小説だけでなく、エッセーや評論文を読み、小説を味わい、鑑賞する楽しさを、深めて欲しいと思います。文芸を楽しみ、鑑賞する醍醐味を知るには、ある程度の活字読解の量と質、そして幅が必要です。無論、説教臭くても、最後まで序文を読む根気も大切です。

　ところで、急に話は変わりますが、日本と世界の古典、近現代のあらゆる名作を読破し、古今の文学に精通した、文学部の教授や准教授が、「これはいいね」という本と、ふつうに本が好きで、出版社に勤めたり、雑誌の編集をしてる人が、「これはいいね」という本では、かなり違うと思います。

　また、政財界のトップは、経済、政治、古典、文学、哲学、宗教、何でも知ってます。元経団連会長の平岩外四（ひらいわがいし）は、蔵書三万冊と言われ、元衆議院議長の前尾繁三郎も、蔵書四万冊と言われました。それだけの本を、ザッとでも読んで咀嚼（そしゃく）し、若い頃から読書で人間や教養を磨き、それを実行して来た人は、やはりすごい。皆さん、それなりに一流の政治家やビジネスマンになり、多くは政界、財界のトップになっています。その人達が選ぶ、「これはいいね」という本も、若い出版社や雑誌の編集者が選ぶ本とは、かなり違うでしょう。

そして、いまでは女子大の文学部で、夏目漱石や森鷗外の現代語訳を読む時代です。そういう、質や量や幅を読みこなさない人が、単に泣けるか泣けないかだけで、小説の良し悪しを評価する最近の傾向は、本当に嘆かわしいです。今、私と同世代の五十代、六十代の読書人なら、皆さんそう思うはずです。

そこで、唐突な結論になりますが、今回の短篇集では、作者の意図にもとづく解説をつけることにしました。私自身による解説ではありませんが、私の作品の言いたいことを、良く理解している、玉子ノ君左衛門（たまごのきみざえもん）による解説鑑賞です。

変な名前ですが、これは二人の名前が合体した、藤子不二雄のような名前です。二人の名前が、合体したのです。この解説を読んで本文を読んでもいいし、本文を読んでから、解説を読んでもいい。また、全く読まなくてもいいのです。どのようにしても、本を買った人の自由です。

本には、樹木や植物と同じように、「いやよ、そんな読み方はやめて！」という、資格も意識もありません。もしあったら、恐いことです。それは、昔の東宝映画、キノコの化物「マタンゴ」や、植物の化物「ビオランテ」。最近なら、人間の化物「バイオハザード」、宇宙人の化物「プレデター」や「エイリアン」、そして、鏡の化物と言える、疲れた朝の自分の顔です。本当に……、それは恐いものです。

とにかく、著者が意図したことを、理解した上で「いや、そうは受け取れない。自分はこう思った」と、思ってもいいのです。また、解説の内容を批判しても、反対しても、ばかにしてもいい。解説に反対するだけの、批評力と読解力のある方に、読んで頂けただけでも、著者としては喜びです。そして、解説に書かれてなかったことを、見出すのもいいでしょう。それは、大変光栄なことです。また全部否定しても、部分的に否定しても、賛成してもいいのです。お金を出して本を買った人は、王様です。その王様が、この本を床にたたきつけても、著者は泣きながら耐えるしかありません。

ところで、小説でも、文庫版は解説のある場合が多いものです。例えば三島由紀夫の短篇集で、三島自身の解説のある本があります。本当に助かります。うれしいことです。解説も、三島の作品の一部だと感じるものです。

三島由紀夫は、「泣ける小説はかんたんだ。笑える小説が難しい、一番難しいのは、怖がらせる小説だ」と言いました。今の若い人のように、泣けるか泣けないだけで、小説を評価するのは、小説にとっては、本当に泣ける話です。

それよりも、笑えるかどうか。恐くなるかどうか。感動できるかどうか。また幸せになるかどうか。癒（いや）されて、元気になるかどうか。そして、文体に酔いしれたり、物語のメルヘンに引き込まれ、ケーキをおいしく食べれるかどうか。また考えさせられたり、ハラハラドキドキして、柿ピーナッツを食べ尽くすかどうか。いろいろな評価や鑑賞、楽しみ方があると思うのです。

今回の収録作品は、下ネタとダジャレがあるのが半分、ダジャレも下ネタもないのが半分です。

ダジャレも下ネタも、ラジオドラマや私の主宰する劇団で、戯曲として上演するには、観客のノリやウケには必要です。しかし、馬鹿なことばかり書いていると、自分でも情けなくなります。すると、今度は反動で、ダジャレも下ネタもない、ピュアな小説が生み出されるのです。

最初に書いたように、地球を南北に飛び回るわけです。寒いダジャレの北極を回り、心温まる赤道を越え、また寒い南極を飛ぶのです。

私は文芸を始めとする、多面的な人間です。だから作品も表現も、ジャンルの壁を飛び越え、つい多面的になるのです。つまり、月光仮面ではなく、月光多面なのです。

こういう、関係ない結論になるのが、私らしさでもあります。そして結果的に、あらゆる方に楽しんで頂き、喜んで頂ければ、著者としてこれに勝る幸せはありません。

もう、本文を読む気がなくなりましたか。そうでないことを、ご先祖に祈るばかりです……。

戸渡阿見

# 目次

装丁＝ｃｇｓ
写真＝Science Photo Library／ＰＰＳ

短篇小説集

# バッタに抱かれて

戸渡阿見（ととあみ）

# 白熊

吉祥寺にある、「ジャスト」という美容院に行った。いつも、イケメン田原さんにやってもらうのだ。田原さんは、今日も金髪をカッコ良く決め、明るい笑顔で迎えてくれた。田原さんの横顔は素敵だ。女性店員は、いつもニコニコ応対してくれる。私は、まず絞首刑型の椅子で、洗髪してもらった。そして、田原さんにカットしてもらい、パーマのロットを巻いてもらった。

するると、右斜め前に、白くてスタイルのいい白熊がいた。ちょうど、パーマをかけ終わり、鏡を見ながら、チラリチラリとこちらを見ている。

私は、田原さんに言った。

「今日は、男性客が多いですね」

田原さんは答えた。

「そうですね、今日は、たまたま男性客が多い日ですね」

私は、さらに尋ねた。

「それはそうと、あの右斜めのメスの白熊は、良くこの店に来るんですか」

田原さんは、無造作に答えた。

「ああ、あのお客さんですか。時々いらっしゃるんですよ。なんでも、アイスランドから来たそうです」

私は、「へえー」と答え、しばらくチラチラ白熊を見ていた。白い毛並は、光沢があり、よく手入れされている。顔は小さく、黒い鼻は、水羊羹（みずようかん）のように潤いがある。目は、バイカル湖のように深く澄み、人を寄せつけない美しさだ。そして口元は、意外に上品に微笑んでいる。鏡を見る白熊は、時々真剣な顔になり、ポーズを取っている。周囲の男性客を気にしながら、顔や体を右斜めにしたり、左斜めにし、全体のバランスを見ているのだ。

こちらから見ると、動物映画の主役のような、素敵な姿である。少し金髪気味の、新しいパーマの髪が、白熊の肩にふんわりかかる。自分でも、かなり気に入ってるようだ。

若い男性美容師が、親しげに白熊に話しかけている。白熊も親しげに答え、楽しそうに談笑してるが、決して言葉は多くない。

また、こちらをチラチラ見ている。私は、田原さんに尋ねた。

「あの男性美容師は、白熊のお友達ですか」

田原さんは答えた。

「いや、友達というわけじゃないんです。彼だけが、熊語を話せるもので……」

「ああ、そうですか……」

と私は答え、またチラリチラリと彼女を見た。彼女も、こちらをチラチラ見ている。

私はその後、英字新聞に夢中になり、白熊のことは忘れてしまった。いつものように、田原さんのカットは素敵だった。

「今日は、イタリアのデニーロ風です」

「ああ、そう」

私は満足した。久しぶりの吉祥寺だったので、近くのレストラン「富士」に行った。

すると、そこにさっきの白熊がいた。白熊は、チラッと私の方を見て、いちじくとハムのソテーを食べた。私も、同じコースのものを食べたが、私の方が食べるのは早かった。白熊は、フォークの扱いは上手だが、ナイフは下手のようだった。

私は、先にレストランを出た。すると、若葉の香りと新緑の美しさに惹かれ、井の頭公園を散歩したくなった。気持ちのいい初夏の風に吹かれ、私は、公園に続く坂道を降りて行った。

すると、ギターを演奏しながら、男性二人と女性の三人組が、楽しそうに歌っていた。聞いたことのない曲だった。足でリズムを取りながら、仲良く三人が歌う側（そば）で、老人が詩吟をうなっている。遠慮がちに、小さな声で……。

私は、肌に溶け入る初夏の微風を楽しみ、池の畔（ほとり）を歩くことにした。見れば、どのベンチにも、恋人達が居る。あるカップルは楽しそうに語り、あるカップルは、黙って抱き合っていた。

「ああ、いいなあ、青春を謳歌している……」

私は、少々羨ましかったが、池の水面（みなも）をよぎる甘やかな風に、うっとりしていた。ふと見ると、ベンチが一つ空（から）だった。私は、ベンチに腰をかけ、時々強くなる風に波紋が広がるのを、ボンヤリ眺めていた。

　すると、いつの間にか、白熊が隣に座っていた。沈黙が続く。私は、英語で話そうか、日本語で話しかけるべきか、迷っていた。熊語が話せないからだ。そうする内に、白熊の方から、流暢な日本語で話しかけて来た。

「ここには、良く来られるんですか」

「え、ええー、まあ……」

　私は、白熊が日本語を話すことに驚き、とまどったのである。深く息をして、気持ちを落ちつかせ、私は言った。

「この公園には、時々来ますが、この場所は初めてです。恋人達のデートの場所なので、なんだか場違いな感じがして……」

　白熊は笑って言った。

「私もそうなんです。アイスランドも、地球の温暖化で住めなくなり、ほとんどの白熊は疎開しました。私は、政府の招聘（しょうへい）で日本に来たんですが、それ以来、恋人とも離れ離れです。だから、ここに来るのが辛（つら）くて……」

「そうですか、それはお気の毒に……」

私は、心から同情した。白熊は、夕方が近づき強くなった風を、髪いっぱいに受け、瞳を光らせて言った。

「あ、あなたは、恋人はいないんですか？」

私はきっぱり言った。

「いません。こんな公園で、恋人とデートするのが、若い頃からの夢でした。しかし、私の若い頃は、プラトニッククラブの時代でした。そして、私の恋は、あまりにも哲学的で、あまりにもプラトニックだったのです。だから、恋人と手をつないだり、キスしたり、デートすることもなかったのです……」

「それは、お気の毒に……」

白熊は、心から同情してくれた。しばらく、水に写る沈黙が続いた。二人は、肌寒くなった夜風を感じながら、水面（みなも）のさざ波を見ていた。前を通り過ぎる男女は、白熊の姿を見て驚き、ビクッとなって無言で歩き去る。もう、あたりは暗くなってたが、イルミネーションの光りで、水面はボーと見えていた。

突然さざ波が、ふっと止まった刹那、隣のカップルは、ギシッというベンチの音をさせ、激しいキスを始めた。私は、ゴクッと唾を飲んだ。白熊は、無表情に松の枝を眺めている。肌寒い上に、いたたまれなくなった私は、帰ろうと思った。だが、私がベンチを立つ、ギシッという音がすると、急に白熊は私の手を握った。白熊は、闇の中で顔を近づけ、耳元で囁(ささや)いた。

「待って、まだ帰らないで。私が、温かくしてあげるから……」

そう言って、私の手を握り、ぎゅっと抱きついて来た。少し毛がチクチクする白熊を、私もぎゅっと強く抱いた。風が二人を巻き込む中、心も体も温かくなった。白熊が、少し動いただけで、木製の古いベンチはギシギシ音をたてる。

それから一時間、お互いの心の寒さを埋め合わせる、熱いキスが続いた。白熊のヒゲは、時々頬に当たったが、痛くはなかった。白熊の体臭も、かすかにはあったが、美容院のスプレーの香りで、まったく苦にはならなかった。

隣のカップルが、こちらをジロジロ見ながら去った後、私と白熊も、肩を寄せ合って公園を出た。元来た坂道を上がって行くと、左側にチープなホテルがあった。隣のカップルは、隠れるようにそこに入った。私と白熊は、その様子を見て笑った。白熊は言った。

「まだ日本には、熊が入れるホテルはないですね」

私も言った。

「狼が入れるホテルは、たくさんあるけどね……」

白熊は笑った。私も笑った。白熊は、幸せそうに笑って言った。

「あなたは……、日本で会った誰よりも、会話がおしゃれね。それに……、姿はデニーロのようだし……」

私も言った。

「あなたは、今まで会った誰よりも野性的で、色白で、素敵で、心が温かい」

「そうですか……。良かったわ」

白熊は、透き通った目を輝かせ、こちらを向いて笑った。私は、弾んだ声で言った。

「青春時代に、しかたなく置き忘れた想い出を、こうして埋めることができたのは、あなたのおかげです。そして……、地球温暖化のおかげです」

私が言い終わると、白熊は、目に青白い涙を浮かべて言った。

「それは……。私も同感ですわ。アイスランドに住めなくなり、家族や恋人とも別れ、初めは地球温暖化を恨みました。しかし、そのお陰で日本に来て、あなたとお会い出来たのですから……」

「人間と白熊だから、結婚して、子供を生むこともできませんね……」

憂鬱に沈んだ声で、私は言った。すると、白熊は瑞々しい声で、いたずらっぽく笑った。

「だから、いいんじゃないですか。白熊同士が一緒になったり、人間同士が一緒になるより、余程オリジナルな恋物語ね。地球上に二つとない、種を越えた心の絆ができるのよ。それは、とっても素敵なことだわ。どのみち、私はアイスランドのコンピュータ会社で、毎日忙しく働いてるし……。あなたは……」

「『世界の大自然』という、雑誌の編集長をやっています……」

私は答えながら、白熊の手を強く握った。白熊の爪は、少し痛かったが、恥ずかしそうに、白熊も手を握り返した。二人は、はずむ息を交換しながら、ゆっくりと坂道を出た。その背中を追うように、老人の詩吟の声が響く。三人組のギターと歌声は、ビターなチョコを隠す、キャラメルのように甘く二人を包んだ。

私の、青春の龍泉洞の闇は、白熊のおかげで薄らいだ。今まで、ジャーナリストとして、地球温暖化のために戦って来た一生が、なんだか報われた気がした。

# 蝶々夫人

ある晴れた日に、バタフライダンサーとピンサーロンの会話が始まった。
バタフライダンサー「私は、バタフライダンサーよ。あなたは?」
ピンサーロン「ぼくは、ピンサーロンです」
バタフライダンサー「あなたは、何を求めて生きてるの?」
ピンサーロン「女性です。そういうあなたは?」
バタフライダンサー「男性よ」
ピンサーロン「ああ、だからバタフライダンサーなんですね」
バタフライダンサー「だから、ピンサーロンなのね」
ピンサーロン「あなたは、どんな男性がいいんですか?」
バタフライダンサー「そういうあなたは、どんな女性がいいの?」

ピンサーロンとバタフライダンサー「あなたのような方です!!」
バタフライダンサー「ええ、そんな……」
ピンサーロン「ええ、それは……」
　二人の沈黙は、それから三百万年続いた。
　三百万年の年月を経て、バタフライダンサーは白山（はくさん）になり、ピンサーロンは、立山（たてやま）になった。
白山「三百万年ぶりに、お話ができるのね」
立山「そうですね」
白山「三百万年の間、あなたは何してたの?」
立山「ずっと、あなたのことを思い続け、ほらこの通り、立山です」
白山「まあ、そんなにご立派になられて……」
立山「そういうあなたは?」
白山「私も、ずっとあなたのことを想い続け……。ほら、この通り、白山の清流がきれいでしょう」

立山「なんだかうれしいな……」
白山「私もよ……」
それから、また百万年が過ぎた。
白山「あの……、あなたお元気ですか?」
立山「そういうあなたも、お元気ですか?」
白山「なんだか、二人が話をすると、すぐ年月が経ちますね」
立山「そのようですね」
白山「また、年月が経つのかしら?」
立山「経ってみるまで、解りませんね……」
白山「そうね……」
立山「そうですね……」
しかし、時間は止まったままで、年月はそのままだった。
白山「なんだか、そのままですね」
立山「そのままですね」

白山「なぜかしら?」
立山「なぜでしょう……」
白山「ひょっとして?」
立山「ひょっとしますね」
白山「私たちが興奮して、その気になれば……。年月はあっと言う間に過ぎ、冷静になると、時間は止まりますね」
立山「それが、恋というものでしょう」
白山「プラトニックでもかしら?」
立山「プラトニックなら、心がときめくと同時に、苦しいから、年月は止まるでしょ」
白山「すると、あの時……。二人は、プラトニックじゃなかったから、すぐに三百万年も経ったのね」
立山「恥ずかしいけど、そういうことになりますね」
白山「まあ……」

それから、また百万年の歳月が流れた。

白山「二人とも、随分年を取ったわね」

立山「そうですね。私は、山の頂が、ギザギザの屏風になりました」

白山「私は……、もう、頂が真白になってしまったわ……」

立山「これで、良かったのでしょうか」

白山「さあ、わからないわ……」

　時間は止まったまま、動かない。その時、富士山がやって来た。

富士山「私は孤高のまま、五百万年もいるけど、二人は羨ましいカップルだよ」

立山「そうですか?」

白山「そうかしら?」

富士山「そうですよ。年月が経つことを恐れなければ、最高に幸せだと思うよ。孤高のまま、五百万年生きるよりは……」

　その時、ボタ山がやって来て、羨ましそうに歌った。

ボタ山「♪なんとおっしゃる富士山よ。世界のお山であなたほど、幸せ過ぎる山はない。どうしてそんなに嘆くのか」

富士山「え？　そうかな……」
ボタ山「そうですよ。四万年前の旧石器時代、一万五千年前の縄文の始まりから、富士山ほど敬われ、称讃され、愛された山はありません」
富士山「そうかな……」
ボタ山「そうですよ。私は……、孤高に生きようにも、生まれつき背の低い山です。しかも、自然の年月を経ない、人造の山です。だから、崇高な所がないのです。日本一高く、自然の年月を経た富士山は、孤高な姿が美しく、神々しいのです。だから、幸せな孤高のはずです。孤高であることと、孤独であることは、違うはずです。だから、富士山が、孤独であるはずがない。今まで、どれだけ多くの人があなたを敬い、あなたに感激し、あなたを愛したことか……」
富士山「私は……、白山と立山が羨ましいのです。ずっと、五百万年も独りですから……」
白山「そうですか。私は、富士山がうらやましい。ずっと、生殺し状態で五百万年ですから……」

立山「私も、同感です」
富士山「そうかな……」
白山「そうですよ。富士山は、日本一高いだけでなく、裾野が広くて美しい。そして、東西南北、どの角度から見ても美しい。これは、孤高な存在でなければ、あり得ないことです」
立山「全くその通りです。白山も立山も、全ての角度からの景色が、絶景と言われるほど美しいわけじゃない。それは、唯一、富士山だけなのですから」
それを聞いてたボタ山は、瓦礫（がれき）をガラガラ落としながら、憤慨して言った。
「そ、そ、そんな贅沢な話は、到底聞くに耐えません。あなたがたは、いかなる理由があろうと、私のような人造山、また、世界の平凡な山に比べ、尊い自然の年月を経てるのです。そして、その年月と自然の恵みによって、なんと美しいことか。なんと崇高なことか。われわれ人造山や、名もなき平凡な山は、あなた方の美しさや崇高さを見るだけで、この上なく幸せなのです」
富士山「そ、そうかなあ……。そうなんだ」

白山「そ、そうかなあ……。そうなんだ」
立山「そ、そうかなあ……。そうなんだ」
　この時、富士山は紫雲たなびき、煌々（こうこう）と金色に光り出した。そして、まばゆい頂から、木花開耶姫（このはなさくやひめ）が飛び立ち、七色龍神（なないろりゅうじん）が旋回し始めた。白山は、日光に照り映え、白金色に輝いている。すると、九頭龍（くずりゅう）が現われ、それが白山比売（しらやまひめ）になった。白山比売とは菊理姫のことである。金色の雲の上で、ニコニコと微笑む菊理姫は、雲間に隠れて十二単（じゅうにひとえ）を纏（まと）った。立山は、初めに姥尊（うばそん）が現われ、それが巨大な熊となり、また聖徳太子となって、天馬に乗って積乱雲に消えた。
　三つの山は、それから輝き続け、日本の三名山になったのである。三名山は、やがて霊峰となり、日夜不思議な活動をしている。その活動とは、時代、時代に歴史ドラマを作り、文化を生み、芸術を生むものである。そして、歴史を動かした人物や、文化、芸術の担い手となった人物は、富士山のように孤高だった。また、歴史ドラマや文化、芸術は、思い通りにならず、生殺しの白山や立山のような男女が、いつも主人公になった。さらに、文化、芸術を創造する時は、いつも胸がときめき、悶々（もんもん）とする気持ちを余儀なくされた。そんな毎日を積み重ね、年季を経て、はじめて美に崇高さが表われることになる。しかし、その一日一日は、五百万年にも感じる、辛い生みの苦しみなのであった。

ところで、百年ほど前から、三名山はオペラの世界にも現われた。白山は、蝶々夫人のマダム・バタフライ。立山は、恋人のピンカートン。富士山は、領事のシャープレスになった。それから……。ボタ山や普通の山々は、オペラを鑑賞する、観客になったのである。

# バッタに抱かれて

畳の上にバッタが居る。もう、同棲して三カ月になる。今ではもう、バッタの居ない毎日は考えられない。それ程、お互いにとって、なくてはならない存在なのだ。ある時、私はバッタに言った。

「バッタさん、跳ねてみない？」

すると、バッタは跳ねた。しかし、着地に失敗して、胴から落ちてしまった。バッタは、あれからどんどん大きくなり、今では二メートルになっている。だから、落ちた時の音もすごかった。

「バッタ」

すごい音がして、畳が揺れた。

「もう、ジャンプはやめようよ。それでなくても、あなたは充分魅力的よ」

私はバッタを慰め、そう言った。新聞を良く読むバッタは、自分のことを、メタボリックバッタだと言う。しかし、それは違う。バッタには、脂肪がないからだ。単に発育が良すぎて、巨大なだけだ。

先日、私たち二人の関係を妬み、蟻(あり)の大群が襲って来た。軍隊のように並ぶ、蟻の大軍。一匹が、一メートルの蟻だから、見渡す限り蟻の群れだ。

私は恐くて、思わず震えた。

だが、バッタは平然としている。おもむろに立ち上がったバッタは、わが家に伝わる、戦国時代の日本刀を抜いた。口元に、うっすら笑みを浮かべ、バッタは刀を構える。

「大丈夫なんだろうか」

不安に怯(おび)える私を、バッタは目で励まし、戦闘モードに入って行った。次々に襲い来る蟻の大軍。バッタは、身軽に跳ね回り、左右(さゆう)に日本刀で切り倒す。バッタ、バッタ、バッタ、バッタ、バッタ。斬られた蟻の大軍は、すごすごと草むらに帰って行った。

頼もしいバッタ。勇気あるバッタ。強い強いバッタ。私は、胸のときめきを押さえることができず、泣きながら、バッタにしがみついた。バッタは、大きな羽根で、私を優しく包んでくれた。荒い胸の鼓動に、激しい戦闘の余韻を感じる。

私は、その荒々しい胸の鼓動が、たまらなく好きだった。男を感じる鼓動の中で、私の中の女が、生チョコのように溶けて行った。いつまでもいつまでも、ほの温かいバッタの、鼓動の中で暮らしたいと思った。戦いに疲れたバッタは、私を羽根で包んだまま、朝までぐっすり寝た。

私は勇者に抱かれる幸せと、バッタの青くさい草の臭いに包まれ、シビれるように陶酔した。

「このまま、私はいつ死んでもいい……」

呟いた私の声を聞いて、バッタは目を醒まし、スクッと起きた。

「あっ、もう時間だ。そろそろ行かなきゃ」

「だめー！　まだ行っちゃ、いやー」

私はもう一度、バッタに強くしがみついた。その時、ノコギリのようなバッタの足に、私の胸がひっかかり、ちょっと痛かった。でも、その痛みすら、陶酔感に変わってゆく。

私は、陶酔感にゆれる胸を揉み、そのまま踞（うずくま）って倒れた。畳の臭いが鼻に触れ、バッタの草の臭いが何度も蘇る。

「行ってくるよ！」

唐突に切り出す、バッタの声。私は、ハッとなった。

「えっ、もう行くの？」

「そうさ、これから草野球シリーズの、決勝があるんだ」

「どこでやるの？」

「善福寺公園さ」

「えっ、じゃ。私達が、初めて出会った所ね」

「そうだ。でも、あそこから少し離れた所の、人が来ない草むらでやるんだ」

「そう、早く帰って来てね」

「ああ……」

「ふうーん。で、あなたのポジションは？」

「もちろん、サードで、四番バッターさ」

あれから……。もう、三年の歳月が流れようとしている。永遠の愛を誓った二人なのに、バッタは、あれ以来帰って来ない。バッタリ、音信が途絶えたのだ。

今でも、夜になると、時々あの蟻の大軍を想い出し、恐くなる時がある。でも……。私の側で、いつも私を守ってくれる、あのバッタの姿はない。あのバッタの、青くさい草の臭いが、狂おしいほど懐かしくなり、私は泣きながら、何度善福寺公園を歩いたことか。

二人が初めて出会った、あの池の畔（ほとり）にも、何度も足を運んだ。あの時バッタは、三センチぐらいの、小さなかわいいバッタだった。だけど、異次元空間の降りている、私のアパートの畳の上で、バッタは突然変異した。まさか、二メートルまで成長するなんて……。

あるスポーツ紙で、「カンガルーのようなバッタを発見!」という、特集記事が出たが、誰も信じなかった。雪男やネッシー、宇宙人の捕獲記事のように、誰もそれを本気にする人はいない。記事を百パーセント信じたのは、きっと私だけだろう。

私はいま、草の香りのする、自然派化粧品を販売している。あれから私は、毎日草の香りを嗅がないと、落ちつかなくなった。だから、この仕事は、すごく気に入っている。しかし、今月のノルマは、過去最大のものだった。毎日、私は夜遅くまで電話をかけ、働き続けた。そのお陰で、杉並区でトップになり、社長賞ももらった。給料も上がり、社内でも評価されるようになった。それでも……。私は、ちっとも嬉しくない。あの、バッタが居ないからだ。私が化粧品を売る理由は、一瓶一瓶に、バッタの草の臭いが生きてるからだ。

もう……、あのバッタは死んだのだろうか。あの年の冬を、越せなかったのかもしれない。地球温暖化で、南方から来た蚊が、冬を越えたというニュースがあった。あのバッタも、なんとか、冬を越えていて欲しい。

身長が二メートルもあるのに、草野球をやるなんて、バカよ。誰かに見つかるのに、決まってるじゃない。ああ、あの日。草むらで野球する姿を、誰かに見られ、化物だと思われ、警察に射殺されたのかも知れない。私、あの日、いやな予感がしたもの……。

私はもう、人間の男性を愛せなくなったわ。バッタは、人間の男性のもつ、手前勝手な所がなかった。優しく、勇気があり、強かった。私の愚にもつかない話を、目を細めて聞き、私のわがままを、そのまま受け入れてくれた。バッタの魅力を知ったら、もう、人間の男性は愛せない。

ある日、自分で決めた過去最大のノルマを、見事に達成した夜……。私は、バッタとの三カ月の同棲を想い出し、シクシク泣いていた。すると、カエルに似た、見知らぬ女の子がやって来た。いつの間にか、ドアーを開けて入って来たらしい。女の子なのに、太い少年の声で話すのだ。

「この手紙を、どうぞ」

「ど、どうもありがとう」

私は、戸惑いながら、そのぶ厚い手紙を開けた。ふと見上げると、カエルに似た女の子の姿はない。

「まあ、いいや」

私はそう思って、手紙を読み始めた。手紙には、こう書いてあった。

「愛する君へ。突然、姿を消してごめんなさい。三年前のあの日、ぼくは草野球に出かけたが、草むらに着くと、仲間はいなかった。というより、仲間は三センチのままだったのだ。そこに、ピストルを持った警察が、どやどややって来て、こう叫んだ。

『手をあげろ！　おとなしく、バッタのぬいぐるみをとれ！』
五、六人の警官が近寄り、
『それにしても、よくできたぬいぐるみだな』

と言いながら、僕を逮捕しようとしたのだ。その瞬間、ぼくは君のことを思い出し、あの畳の異次元空間を思い浮かべ、必死に叫んだ。

『助けてくれー！』

すると、善福寺公園の上空から、葉巻型円盤が表れ、光のエレベーターを降ろしてくれた。ぼくが、その光の下へ走って行くと、エレベーターで昇るように円盤に乗れた。円盤の中には、敷き詰められた畳があり、そこに、君そっくりのバッタの母が居た。

そこで、ぼくは、君に似たバッタの母に教えられた。ぼくは、バッタ星に住む、バッタ人『ヨハン・バッター』という、王子なのだそうだ。地球の自然や、人間を学ぶために、ぼくは宇宙留学させられたそうだ。

ぼくは……君に会えて、ほんとうに幸せだった。今も、君の事を毎日想い出してる。君の息使いや光沢を感じる肌、また、胸や腰のふくらみの柔らかさは、ぼくの星には全くないものだ。母は、バッタ星の将来のために、ぼくの結婚相手をさがし、毎日、お見合いをやらされている。でも……。ぼくの心には、君のことしかない。一旦、人間の女性の魅力を知ったら、バッタのメスは愛せない。何を話しても、どこを触っても、何の反応もなく、感受性のカケラもないんだ。

今、ぼくは、蟻星雲の蟻人との戦いに備え、毎日大わらわだ。もうすぐ、わがバッタ星と宿敵蟻星との、最終の決戦が始まる。ぼくは、君との同棲中に、蟻人は日本刀に弱い事を知った。あの体験がなければ、わが星も存亡が危うい所だった。だから、この戦いは、必ず勝つ。あの時のように、ぼくも、わが星のバッタ兵も、いま日本刀を使って訓練中なんだ。

これも、全て君のおかげだ。君は、バッタ星の救い主、バッタ星の女神だよ。バッタ星の人々は、ぼくから君の話を聞き、君をわが星の女神だと信じてるよ。この戦いが終わったら、ぼくは必ず君を迎えに行く。それまで、淋しいだろうが、待っていてくれ。

あ、それから、草の臭いのする化粧品。君が必死で販売する姿は、こちらのテレパシーテレビで見て知ってるよ。今日は、君の決めた、過去最大のノルマを達成した日だろ。だから、一言メッセージを送りたかったんだ。

君は、よくガンバッタ。ガンバッタ。バッタ、バッタ、バッタは君を愛してる！　宇宙で、誰よりも君を愛している。

また、バッタリと、女神の君と会う日まで……。君のバッタより」

私は、その手紙を読み終わってから、会社を休み、三日三晩泣き続けた。私が淋しがり、悲しみ、ノルマ達成のために、死ぬ気で頑張る日々を、あのバッタは知っていたのだ。

私の、悲しくせつない三年の日々は、バッタの羽根に包まれ、私の中の女が溶けて行ったように、蓮華（れんげ）の蜂蜜シロップのやわらかさで、畳の上に溶けて行った。

甘い草の香りにつつまれて、心地よい眠気が私を誘う。化粧品の瓶を握りしめ、バッタの寝ていた畳に、乳房を思い切り押し当ててみた。痛かったけれど、それがたまらなく幸せだった。痛さが恍惚に変わる、不思議な愛の力。それを、また感じて涙が止まらなかった。化粧瓶のラベルには、美肌を創る薬草の力。抜群の保湿効果の乳液、「女神」と印刷されてあった。

# 風の子

きらきらと秋の落葉が落ちて来た。山から吹き来る風に舞い、落葉は私の口に入って消えた。私はヤギじゃない。鹿でもない。正真正銘のカエルだ。カエルが、落葉を食べるものか。カエルは、札束しか食べないのだ。あれ、私はヤギだったかな。それとも、鹿だったのかな。鹿は……、札じゃなく、チリ紙食べるんだっけ。ええい、どうでもいい。シカとはわからぬ。もう、ヤギクソだ。とにかく、落葉より、山から来た風が悪いんだ。誰が、あの風を吹かせたのだ。

「責任者、出てこーい！」

私は、大きな声で叫んだ。山からは、何の返事もない。こだまも、光も、のぞみもない。新幹線は、台風で運休か……。それとも、メスの新幹線の産休か。サンキュー、誰もカエルには、ＪＲの真相は教えてくれない。それでも私は、明るく元気に生きるのだ。

ところが、風から返事があった。

「ぼくは、風邪で寝込んだ人の咳が、風に乗って来た風です。どうもすいません」

私は風に尋ねた。

「なんで詫びるんだ」

風は答えた。

「だって、『セキ人者出てこーい』と、おっしゃったじゃないですか。ぼくは、咳人者のセキが、風に乗って来た風です。だから、結局、ぼくがセキ任者なのです」

「ほう、そういうわけか。すると、私の口に入った落葉は、インフルエンザのビールスが入った落葉か?」

「そうかも知れません……」

風は、申し訳なさそうな顔で言った。しかし、私はしばらく考え、風をなぐさめてやった。

「しかし……。カエルに、人間のビールスが移るかな? たぶん、大丈夫だろう。そんなに悩むなよ。悩むと、免疫力が落ちて風邪ひくよ。風が風邪引くと、どうなる?」

風は、前よりも、一層困った顔で悩んだ。

「風が風邪引くと……、どうなるのかな……」

「おい、おい。そんなに、深刻に悩むなよ。深刻になると、神を刻し、免疫力が弱くなるよ。すると、生命力が衰え、盲腸になるよ。風が盲腸になれば、どうなるんだ？」

風は、ますます悩んだ。

「風が風邪引いて、盲腸になったらどうしよう」

「おいおい、そんな……、泣きそうな顔になるなよ！」

何を言っても、風は深刻だ。だから、私はそれ以上何も言えなかった。風って、まじめな性質なんだ。

「はっ、はっ、はっ」

突然、大きな笑い声が、頭上から降って来た。風の神、級長戸辺の神である。私は、風の神に言った。

「級長戸辺の神さま、あなたの家来や子分は、みんなまじめですね。冗談も通じないし、医学の知識もない。ただまじめに、そよそよ吹くだけです」

「いいや、そうではない。あの風は、四年前に生まれたばかりの風なんだ。だから、風小僧としての経験がない。経験なき者は、柔軟性や応用の智恵がないのだ。だから、まじめになるしかない。それに、あの子は、風幼稚園の年長組や、風小学校にも入学できない、まだ、ちっちゃな子風なんだ」

「なんだそうか。あの風は、ちっちゃい子風だったんだ」

「そうだよ。風が風邪引けば、重い風になり、風が盲腸になれば、スペイン風(かぜ)になって、『ベーサメー、ベーサメモーチョー』という、キスの嵐になる。それは、中学の『公民』の時間に習うことだ。だから、あの子にはまだ無理だよ」

「そうだったのか……」

私は、ちっちゃい子風をいじめたことを、後悔した。その時、一陣の強い風が吹き、落葉がくるくる旋回した。すると、その風は私の股をくすぐった。風の又さわろう、いや、又三郎だった。

「おい、カエル。わしの息子を、そんなにいじめるなよ」

「なんだ、又三郎の息子だったのか」

「そうさ、おいらの息子、風の荒木又ズレ衛門だ」

「なに？」

あまりにも変わった名前に、私は驚いた。

「どうして……、そんな名前になったんだい？」

風の又三郎は、風の子の頭をなで、悲しそうに言った。

「この子は……。おいらが、あまりにも子だくさんだったので、荒木家に養子にやったのだ。それで、荒木家の回りを吹く、そよ風として育ったのだが……。主人の荒木又右衛門（あらきまたえもん）が、仇討（あだう）ちの決闘に行ってから、風邪をこじらせてね……」

級長戸辺の神「そうなのじゃ。荒木又右衛門は、又三郎からあずかった風の子を、それはそれは、大切に育てたが……」

「愛情が行きすぎて、おいらの息子に、荒木又ズレ衛門という名をつけたんだ」

私には納得できない。カエルにはない発想だ。

「なんで、そんな名前をつけたのだ？」

風の又三郎は、溜息（ためいき）まじりに答えた。

「それは……、荒木又右衛門が、あまりにも剣術の稽古をやり過ぎ、股ズレになったそうだ。それを、ある女が、団扇(うちわ)で優しく扇(あお)いだそうだ」

「それで?」

私は、苦渋に満ちた又三郎の顔を見ながら、次の言葉を待った。

「それで……、うちわが起こす微風(そよかぜ)に、いつもその女の優しさを想い、荒木又右衛門は泣くらしい」

風の子は、それを聞いて泣き出した。ヒューヒュー、ヒュルヒュルー。足元に旋回する落葉は、心なしか湿っぽい。

級長戸辺(しなとべ)の神が言う。

「それで……、風の又三郎から養子にもらった子を、荒木又ズレ衛門と名付けたのだ」

私は、憤慨(ふんがい)した。

「いくら、優しい女の想い出があっても、そんな名前じゃ、女の子にもてないだろう」

その時、風の子は、大きな声でワンワン泣き出した。ピヨヨヨー、ピヨヨヨー、ピピ、ワワワワー。風の又三郎は、よしよしと言いながら、風の子の頭をなでた。

「その通りですよ。そのため、この子は風幼稚園の年少組に入ると、風の女の子に、『又ズレ、又ズレ。又ズレ衛門』と罵られ、毎日、泣いて帰ったのです」

私は、心底同情した。カエルの私が、もし風の子を養子にもらったら、そんな名前は絶対につけない。私なら、美カエル天使かな。それとも、やはり……。垂れ下がる柳に、カエルが何度も跳びつくのを見て、努力の大切さを悟った、あの小野道風かな。道風かあ……。いい名前じゃないか。いやまてよ……。それじゃ、学校で、「豆腐、豆腐、高野豆腐。もめん豆腐に絹ごし豆腐。豆腐屋ジャニーにオカマ前豆腐！」と、言われるかなあ……。私は独りで想像し、首をひねって悩んだ。

すると、あれだけ泣いてた風の子は、いつの間にかケラケラ笑ってる。笑いながら、私に近づいて言った。

「カエルさん。そんなに悩むと、免疫力が落ちて風邪引くよ。カエルが風邪引くと、どうなるの。脱腸になったらどうなるの？」

「余計なお世話だ。今頃の子はませてるね。カエルが風邪引くと、蟇ガエルになるんだ。しかし、コルゲリコーラという、カエルの特効薬があるから、まったく心配ない。それから、カエルが脱腸になると、『美虎頭（ビートラズ）』という、虎刈り頭のバンドの歌を歌う。『ダッチョ、イエーイエー、イエ。ダッチョ、イエーイエー、イエ。脱腸癒えー、癒えー、癒えー』それで、ことごとく脱腸が癒える。だから、何の心配もないんだ。わかったか、この又ズレ衛門！」

と私が言うと、風の子はまた泣いた。ワンワラワー、ワンワラワー。ピューヒー、ピューヒー。

「よしよし。泣くな泣くな、又ズレ衛門、いや風の子よ」

級長戸辺の神は、困り果てた顔で、風の子の頭をなでた。

「まあまあ、カエルさん。そんなに、風の子をいじめないで下さい。この子はまだ、ちっちゃい子なんですから。でも、心根（こころね）のいい子でね。決闘で仇討ちを果たした後、荒木又右衛門は、インフルエンザに罹（かか）ってね。それを……、この子はずっと看病してたのです。それで、荒木又右衛門が強い咳をするので、その咳の烈風に乗り、この子は飛ばされた。そして、とうとう山を越え、ここまで飛んで来たのです」

「なるほど」

それで私も納得した。級長戸辺の神は、風を司る神だ。だから、健気に尽くす風の子が、心配で追って来たのだ。

ところで、又三郎は養子にやった子が、変な名前をつけられ、いじめられてることに心を痛めた。それでも、荒木又右衛門を健気に看病することを、級長戸辺の神から聞かされ、何度涙を拭ったことか。

実は、最近続いた富士の裾の秋雨は、風の又三郎の、子を思う涙の雨だったのだ。一旦養子にやった子を、戻すこともできず、風の又三郎は悩んでいた。元気に山裾を吹く風の子の、そよそよ吹き遊ぶ木の葉の音を聞けば、又三郎の親心は、一層痛むのであった。

そんな折、荒木又右衛門の咳の烈風に飛ばされ、風の子が山を越えた。それを級長戸辺の神から聞き、矢も楯もたまらず、ここに来たのだ。

私は、事情を詳しく聞き、みんなに向かってこう言った。

「風は、人間よりもカエルよりも、うーんと長生きだ。一万年は、楽に生きるだろう。だから、荒木又右衛門が死ぬまで、風の子は養子に行った父に、孝の誠を尽くすべきだ。

そして、荒木又右衛門の葬儀の夜に、又三郎の所へ帰ればいい。何事も辛抱と忍耐、根気だよ。思い通りにならない、この世の義理やしがらみ。それを明るく辛抱し、長生きすれば、みんな幸せに死ぬはずだ。すると、後には自由で幸せな、自分の人生があるじゃないか。その途中で腐らず、嘆かず、健気に生きるなら、神々が心配してくれる。級長戸辺の神さまみたいに。さらに風の又三郎のように、親兄弟や友人知人、遠くは先祖の方々も、山の上から心配してるぞ。だから、いかなる時も、全ての生き物は孤独なようで、孤独じゃない。風の子が、又三郎や級長戸辺の神が、いつも心配して見守ってくれたことを、知らなかったように……。孤独とは、錯覚だ。自分を生んだ親や神、友人、知人、先祖らが、いつも心配してるのに……。苦労して、健気に頑張る時ほど、一層心配してるのに……。それを知らないだけの、錯覚だ。それがわかったら、苦しい事が続いても、決して孤独じゃないはずだ。そうだろう。池や沼、川や湿地に住むカエルで、孤独なカエルは一匹もいない。自然に漲(みなぎ)る命の恵み、息吹を本能で感じて、みんな幸せなんだ。余計なことを考え、錯覚に陥る人間だけが、孤独なんだ」

私が、それを言い終えた時、口に入った落葉が消化された。すると、枯れた葉っぱの臭いのする、エジプト風のオナラが出た。スカラベーである。私の、突き出たカエル尻から、青緑に輝くスカラベーが、昆虫の姿と臭いを発し、断続的に飛び広がった。

　異質な風（かぜ）に目眩（めまい）がし、風の子荒木又ズレ衛門、風の又三郎、級長戸辺の神は、富士の裾野の森に向かって、一斉に逃げて行った。

# ある沼の伝説

沼に住む石田君は、怪物である。石田君が沼のほとりで佇んでいると、一匹の殿様カエルが、沼から上がって来た。すると、石田君にフレンドリーな眼差しで、無邪気に鳴き始めた。

「ケロケロ、ケロケロ。ケロケロ」

石田君は、訝しそうな顔で近づいた。

「なんじゃ、こいつ」

そう呟いて、カエルを蹴り上げた。カエルは、えぐい黄緑の怪物を、カエル族の先祖だと思い、礼儀正しく近づいたのに……。予想もしない、ひどい仕打ちに泣き崩れた。

「ケロケロー。ケロケロ――」

すると、別なカエルが沼から上がって来た。次々、次々、カエルが沼から上がってくる。こうして、愛想笑いのカエルが、三千匹ほど集まった時、カエルの大合唱が始まった。

「ケロケロケロ――。ケロケロケロ――、ケロケロ、ケロケ、ケケロケ――」

石田君は、自分に対する讃歌とも知らず、カエルを次々蹴り倒した。

「うす気味悪い、カエルの群れども。あっちへ行け！」

最初に来たカエルは、泣きながら合唱団に言った。

「ケロケロー。ケエーロー、ケエーロー、帰ろうー」

すると、合唱団も、鳴き方を変えた。

「ケエーローケエーロー、皆でケエーロー、鳥が鳴くからー、皆でケエーロー！」

と歌って、沼に帰って行った。最初に来たカエルも、泣きながら帰って行った。しかし、沼に飛び込む寸前に、何やら思い出したように、クルリとこちらを向いた。そして、石田君に向かって、涙をため、悲しそうに言った。

「わたし達の先祖だと思い、みんなあなたを讃え、私も礼儀正しく近づいたのに……。なぜ……。あなたは、か弱い私を蹴ったのですか」

納得行かない泣き顔のカエルに、石田君も納得できない。

「なぜって、君から礼儀正しくケロケロ、蹴ろ蹴ろ、ケロ蹴ろーと言ったじゃないか。だから、わしも面倒だったが、わざわざ蹴ってやったのだ。それを……。感謝されるならわかるが、なぜ、悲しそうに泣くんだ」

カエルは、それを聞いて驚いた。

「そうだったのか……」

カエルは、自分がマゾヒストでなかったことを、この時ほど悔やんだことはなかった。悔やむカエルを見て、石田君は言った。

「お前は……。なんと言う名前のカエルだ?」

「わたしは……。菊池(きくいけ)に住むカエル王子、菊池(きくち)です」

「菊池君かあ」

「はいそうです」

と言って、にっこり笑った。石田君もにっこり笑った。カエル王子の菊池君は、おもむろに尋ねた。

「あの……。あなたは……、何という名の怪物ですか?」

「ええ、わしか……? わしは、石田と言う怪物だよ。なぜだか知らんが、この沼に何百年も住んでるんだ……」

カエル王子は、言い難(にく)そうに言った。

「あの……。その……。言っていいのかどうか、わかりませんが……。あの……、石田さんは、カッパですか?」

「ふむ……。わしも、分からんのだ。なんの怪物なのやら……」

「その……、石田という名前は、どこから来たんですか?」

「ふーむ。石田という名には、歴史がある」

「へえー、どんな歴史ですか?」

「あのね……。今を去る三百年前……。まだわしが、若かった頃の話だ」

「へえ……」

星空を凝結させたように、目をキラキラさせて、カエル王子は話に聞き入る。

「それで……。三百年前には、この菊池(きくいけ)という沼に、ゾンビがたくさんいたんだ」

「こわーい、こわーい」

と、オカマのように恐がるカエル王子を、石田君は、何度も股を掻きながら、優しくなだめて話した。

「それでな……。そのゾンビが、ズンズン、ズンズンと恐い顔して、沼から上がって来るんだよ。すると恐怖とおぞましさが、辺り一面に立ちこめ、B級ホラー作品の世界が漂う。そのゾンビの軍団に、わしは次々と石を投げ、全部倒してやった！」

「ホラー、すごい！　大阪でも、大拍手や！」

と、拍手でカエル飛びするカエル王子。

「その時、ゾンビどもが、口々にこう叫んだ。『石だあ。石だあ。石だあああ！』」

「……。それで？」

キョトンとして、話を空で聞くカエル王子。

「それまで、名がなかったわしに、ゾンビが初めて名前を言ったのだ。それ以来、わしは、石田と名乗ってる。どうだ、由緒正しい歴史を感じるだろう、この名前には……」

カエル王子「別に……」

怪物「感じろよ……」
カエル王子「石田三成とは、関係ないんでしょう?」
怪物「別に……」
カエル王子「関係あって欲しいな」
怪物「なんでだ?」
カエル王子「だって……。ぼく、きのう関ヶ原の戦いの小説を、沼の図書館で読んだんだ。そこで……、石田三成が戦に敗れ、処刑される前に、柿を出されたんだ」
怪物「それで?」
カエル王子「それで……、その時、石田三成がこう言った。『柿食えば、おならするなり法隆寺』」
怪物「おい、君。ちょっと待て。それ、ちょっと違うんじゃないの?」
カエル王子「えっ、どこが?」
怪物「ど、どこがって、微妙に歴史事実が違うよ……」
カエル王子「そうかなあ……」

怪物「有名な俳句と、史実が歪んで合体してるよ……。君、お父さんに、ちゃんと教わらなかったのか？」
カエル王子「えっ。父ですか……」
怪物「そうだよ」
カエル王子「ぼく……。父は居ないんです」
怪物「なに？　お、お前……、まさか、メスだけで生まれたカエルか。すると……、今はやりの、クローンガエルかあ……」
カエル王子「ち、違うよ。父はちゃんと居るけど、行方不明なんだ」
怪物「行方不明？」
カエル王子「そうなんだ」
怪物「どれぐらい、行方不明なんだ？」
カエル王子「もう、八百年経つかなあ……」
怪物「は、は、八百年ー！」
カエル王子「そうです。いい国作ろう鎌倉幕府成立の年、つまり、一一九二年の五十年前。一一四二年の南宋で、岳飛将軍が獄死しました。女真族のスパイに、讒訴されたのです」

怪物「それで？」

カエル王子「それを、この沼に住む、菊姫龍神から聞いた父のカエル王は、憤慨のあまり家出したのです」

怪物「なんで？」

カエル王子「わかりません。父はめっぽう義に厚い、ど根性のあるカエルです。当時の、カッパとカエルの沼地抗争でも、カッパ軍の王が持つ、『カッパ黄緑桜』という名刀を取り上げ、カッパ兵を撫で切りにしました。それが、沼のゾンビになったと聞きます」

怪物「なに！　ゾンビにか……」

カエル王子「そうです。コンビニにはない、この沼のゾンビに……」

怪物「コンビニか……」

カエル王子「いえ、ゾンビにです」

怪物「ゾンビにかー」
カエル王子「コンビニにはない……」
怪物「それで、どうなったのだ……」
カエル王子「結局、父はその話を聞いて、カッパ軍の卑怯なやり方を思い出したのでしょう。それで、まぼろしの名刀『黄緑桜』を持って、カエル宮殿から飛び出したのです。それっきり、行方不明なのです」
怪物「随分、無鉄砲な父親だねえ」
カエル王子「はい、だから鉄砲ではなく、刀を持って……」
怪物「すると……。君は……」
カエル王子「そうです。この沼で、父をたずねて八百年。琵琶湖の半分ある菊池(きくいけ)を、隅々までカエル飛びしました。その間(かん)、カッパの残党や、ブラックバスに襲われ、何度死ぬ思いをしたことか。あのカエル合唱団は、私があちこちの草むらで恋に陥り、その時できた子供や孫です。八百年間で、およそ百万匹作りました」
怪物「ひょえ──、百万匹！」

カエル王子「そんなに、驚かないで下さい。王子はもてるんです。ハンカチ王子、ハニカミ王子、星の王子、都心に近い八王子……。八百年も続く長旅で、路銀を使い果たし、最も金をかけない楽しみが、子作りなんです」

怪物「わしは……。もう、怪物になって長いので、そんな楽しみもなく、毎日やけくそで生きてるよ」

カエル王子「父のカエル王が、宮殿に戻ってくれないと、ぼくは、永遠に王子のままなのです。メスにはもてるけど、オスとしての、本当の自己実現はできません」

怪物「と言うと?」

カエル王子「王になってカエル王国を支配し、自分の理想を王国に実現させたい。やはり、オスガエルは、沼という社会で自己実現することに、本当の幸せと満足を感じます。どんなに異性にもてても、異性は、究極のオスの幸せではないのです」

怪物「ふむ……、しかし、怪物となったわしには、異性との幸せが、究極の幸せじゃがなあ……。この年になると、社会で自己実現をしたいとも思わぬ。孤独をなぐさめ、安らぎを感じ、心や身体を幸せにできたら、それが最高の自己実現だ。他に何も望むものはない……」

カエル王子「ああ、正しい王位継承、自己実現……」

怪物「ああ、すてきな異性、自己実現……」

カエル「王位継承……」

怪物「異性……」

その時、菊池（きくいけ）の上空に漆黒の雲が立ちこめ、稲妻がパキーンと走った。それから続く雷鳴は、バリバリバリーと耳をつんざく、天地創造を思わせる轟音だった。しかし、胸に残る余韻は、どこかすがすがしく、温かかった。

その轟音とともに、まばゆい光を放つ菊姫龍神が現れた。しかし、その姿は手足の長い、胴がひきしまる、トップとアンダーバストの差が、八センチあるメスガエルに変身していた。セクシーなメスガエルは、目元がパッチリして、音楽のような軽やかな声で誘う。

「怪物さん、いらっしゃい。いらっしゃーい！」

怪物の鼻の下は、どんどん伸びて、一メートル下まで垂れさがった。

「い、行きまあーす！」

その時、セクシーガエルと怪物を、にわかに立ちこめたピンクの雲が、やさしく包み隠す。雲の中では、いろいろ有意義なことが行われた。行ったとか行かないとか、やったとかやらないなど、世界の旅という、すごろくゲームに夢中のようだった。

しばらくすると、心地よい風が沼を吹き抜けた。その風で、ピンクの雲はそよと消え行く。すると、セクシーガエルも怪物も、そこからいなくなっていた。だが、良く見ると、一匹の大きなカエルが、そこに佇んでいる。ポカーンと大きな口を開け、幸せそうにしてるカエルに、カエル王子は尋ねた。

カエル王子「あ、あなたは……、どなたですか？」

大きなカエル「わ、わしは……、石田という怪物だ」

カエル王子「ど、どう見ても、カエルにしか見えませんが……」

その時、天空から菊姫龍神の声がした。

「うっふーん。気持ち良かったわ……。世界の色々な国に行きまくり、旅と食事、ワインを満喫できたわ。特に、ラブロマンス温泉でのカエル飛びは、最高に気持ち良かったわ。もう、クセになりそう。また行きたいわ。行って行って、行きまくりたいわ。それはそうと、怪物さん。あっさり真相を言えば、あなたは、八百年前に行方不明になった、カエル王ですよ。八百年間、菊池をさまよい、黄緑桜という刀を振り回し、カッパ退治に生きたのよ。その間、異性との愛に飢え、そのために怪物になったのよ。このカエル王子が、八百年間あなたを探し求め、数多の艱難辛苦を越え、遂にこの日を迎えたのよ。カエル王子が、菊池の主の私に、誓いを立て、祈り続けて八百年目。今日が、その満願の日なのです」

カエル王子「じゃ、じゃ、あの怪物の石田さんが、私が、私が……、八百年間さがし求めた、わが父なのですね！　どうりで、最初に会った瞬間から、なつかしい、得も言われぬ親しみを感じたはずだ……」

カエル王「ああ、ああ、あの……。セクシーガエルのよかったこと……。いろんな国に行ったんだ。二人で一緒に……。ふ、ふ、ふー。温泉の気持ち良かったこと……。それに……、セクシーなカエル飛び。この世の天国だった。あの……、セクシーガエルと一緒に暮らしたい……」

カエル王子「お、お、お父さん！　お父さん！　ぼ、ぼ、ぼくは……。八百年間……。この日の来るのを待ってたんです。さあ、沼のカエル宮殿へ帰りましょう！　帰りましょう！」
カエル王「い、いやじゃ！　あの、セクシーガエルのいる所がいい。あんなカエルに会ったのは、生まれて初めてじゃ。あのカエルと暮らせないなら、わしは……、このままここで死ぬ！」
カエル王子「え、えー。そ、そんなー。お、お父さん！　ああ、なんとか、なんとかして下さい、菊姫龍神さま……！」
　すると、菊池の上空は、突然、雲も空も金色に染まり、厳かな菊姫龍神の声がした。
菊姫龍神「皆の者、よく聞くがいい。その昔、親鸞が……。京都の六角堂に百日間お籠もりし、自分の行くべき道を観音に尋ね、祈り続けたのだ……。あの砌、聖徳太子が観音の姿となって示現し、霊告を与えた。『観世音菩薩が、玉女の姿となって、汝に終生添い守らん』。それで、親鸞は妻帯を決意し、また法然上人の門をたずね、終生の弟子となった。同じように今、カエル王の義の心を見定め、カエル王子の八百年の変わらぬ信心、そして、父を探す孝の誠を受け取った。故に、菊姫龍神、セクシーガエルの姿となり、カエル王を終生添い守らん。今後は王妃となり、カエル王室を仲良く守り、この菊池を、明るく平和に盛り立てようぞ」

　この声が止むと、金色の鰯雲（いわしぐも）が変形し、紫雲となってふわふわ降りて来た。折しも、水面から吹き来る春風に、紫の雲は切れ切れに晴れて行く。すると、そこに、セクシーガエルが立っていた。神々しい黄緑色の姿、カエル独特の、コルゲノフェロモンが漂っている。そのためか、沼の水面はさざ波が立ち、沼のオスガエルの何かも、さざ波立っている。

　セクシーガエルを良く見ると、さすがは神の化身である。長い足にしなやかな手。こぼれそうな胸に、引き締まった腰とお尻。つぶらな瞳に、バラのつぼみのような口元が、花のようにほころび、艶っぽく笑う。もう、カエル王は、下半身をガタガタさせながら、溶けそうな笑みを浮かべ、涎（よだれ）を何度も拭（ぬぐ）っている。

セクシーガエル「さあ、王様。沼に帰りましょう。これからカエル宮殿で、カエル王子に負けないよう、たくさん卵を生み、オタマジャクシを育てましょう。ね、カエル王国と菊池繁栄のため、私達の愛が必要なのですよ……」

カエル王「うん、行く行く。すぐに行く。一緒に沼に戻ろう。これからは、『マカデミア王』や『コルジェルコーア錠』を飲み、いつまでも若々しく、セクシーガエルを愛するんだ。この年で、こんなプリティーで、セクシーな妃(きさき)を迎えるなんて……。おれは、なんてハッピーな殿様ガエルなんだ。ゲロゲロ、グアッ、グアッ、ゴロニャンニャン」

その時、沼から一斉に大きな合唱の歌が聞こえた。タイムスリップし、オタマジャクシがすでに歌になってるみたいだ。

「カエル王の歌がー、聞こえてくるよー。グァーリラン、グァーリラン、グァーリーラン、クアッ、クアッ、クアッ、クアッ、ゲロゲロコーアでゴロニャンニャン」

いつの間にか、王位継承が確実となり、意気揚々とするカエル王子が、三千匹のカエル合唱団を指揮している。この大合唱をバックに、カエル王とカエル王妃は、しずしずと菊池の沼奥深く入って行った。それを見送った後、カエル王子とカエル合唱団も、ウキウキしながら少しずつ沼に沈む。そよそよと、沼の水面(みなも)に吹く風は、温かく、肌に優しかった。

この、菊池に伝わる伝説は、第二次大戦後に物語になった。菊池(きくいけ)に住む神(かみ)、すなわち菊池神(きくちかん)による、「父カエル」という物語であった。

# カフカ

乾いた大地に、ビュービュー風が吹いている。そこで、誰かが凧を上げている。凧は風にゆられ、右に左に蛇行してる。茶色の凧は、良く見ると何のデザインもない。しかし、双眼鏡で覗いて見ると、うぶ毛が生えてるのが見える。さらに、望遠鏡で覗いて見ると、縦横にスジが走ってるのが見える。一体、何の凧なのだろう。

その時、狸が股を押さえ、足をフラフラさせてやってきた。

「あ、あ、あれだ。わ、わしの玉袋を乾燥させ、竹を渡し、凧にしたやつだ……」

恨めしそうに、茫然と空を見上げる狸に、狐が言った。

「まるで、狐につままれたような話だ」

狸は、苦々しい顔で言った。

「ば、ばかな。それも言うなら、『狸にバカされたような話だ』と言えよ!」

それを聞いた狐は、狐につままれたような顔になった。

カフカは、それを見て、不思議そうな顔で言った。

「一体、何が言いたいのですか？」

狸は、ぷんぷん怒って言った。

「あんたに、『一体何が言いたいのですか』と、言われる筋合いはない！」

カフカは、静かに頷(うなず)いた。

「それもそうですね」

二人は納得し、仲良しになった。談笑し合うカフカと狸。突然、狸は口をとがらせ、手足をクニャクニャさせ、妖(あや)しく踊った。そして、右手の人差し指で、上空の凧を指した。

「あ、あれは何だかわかりますか？」

カフカは、首を傾(かし)げた。狸は言葉を続ける。

「友達になった……、あんただから。こっそり、意味を教えてやろう」

カフカは、目をキラキラさせ、狸の次の言葉を待った。

「あ、あれは……。『ブンブク茶釜狸の、タコ踊り』なんだ。今までは、『ブンブク茶釜の、狸の綱渡り』だったが、空や宇宙でタコ踊りする狸に、進化したんだ。どうだ、すごいだろう」

カフカは、大いに感心した。

「すごい！　じゃ、私も……、友達になったあなたに、自分の作品の秘密を、ちょっと教えましょう」

狸は、眠い目をこすり、股をかきながら、耳をそばだてた。

「わかるものは可。わからないものは不可。それが、一つの作品に交互に出て、読む人は、可不可（カフカ）の状態になります。そして、実は書いた私も、可不可（カフカ）なのです」

狸は言った。

「なんだか、狐につままれたような話だ……」

「それを言うなら、狸に化かされた話でしょう」

とカフカは答え、狸は納得して笑った。

「そりゃ、確かにそうだ。あんまり、意味を頭で考えて書いたら、ヒラメキが、ヒラヒラメッキリ減るものね」

カフカも納得した。

その時、狐が、羽毛の布団を地面に敷いた。すると、狸はカフカの顔を、思い切りしばき上げた。カフカは、何の事やらわからず、崩れながら布団に倒れた。狐は、ニコニコしながら言った。

「カフカ、フカフカ布団に、可不可わからず」

カフカは言った。

「狸に、化かされたような出来事だ」

狐は言った。

「それを言うなら、『狐につままれたような話』だろ」

カフカは納得した。

その時、強い空っ風（からっかぜ）が、こちらに吹き始めた。すると、風に揺れる玉袋屌は、上がり下がりしてやって来た。屌は、重そうに空に垂れ下がり、ゆらゆら揺れている。それを見た狸は、うれしくなって、高く高く片足を上げた。狐も、笑いながら片足を上げた。

カフカも、怪訝(けげん)な顔で、片足をゆっくり上げた。風にバランスを崩しながら、カフカは片足上げて言った。

「一体、これはどういう意味なんですか？」

狸と狐は、笑って言った。

「あんたに、意味を聞かれるのは心外だ!!」

片足を高く上げ、風に倒れそうになりながら、カフカは、今までの自分の作品を反省した。

# 人食い熊

目に隈（くま）が出来た熊が、クマッたクマッたと言って、悩んでいる。すると、心配そうな顔で、友達の兎（うさぎ）が言った。

「何かクマッた事があったら、私に相談しなさい」

すると熊は、クマッた顔で言った。

「クマッたことに、さっき食べた人間が、腹の中で叫んでるんだ。何とかならないものか」

兎は言った。

「それはお困りでしょう。どれどれ」

と言いながら、熊のお腹に聴診器を当てた。すると、腹の中の人間は言った。

「こんな広い草原の中で、一人暮らしは淋しい。だから、素敵な女性を、二人〜三人食べてくれ。お願いだ！」

兎は、熊に向かって言った。

「おい、こう言ってるけど、どうする?」

熊は、クマッた顔で言った。

「だから、ぼくは言ったんだ。人間を食べるのは、いやだって。食べても、食べても、要求がエスカレートして、きりがないから……」

兎は言った。

「全く同感だよ。ぼくも、人間に食べられるのはいやだ。食べても、食べても、次の兎、次の兎と言って、仲間の兎を食べるだろう……」

熊も同情して言った。

「君も大変だね。で、何回ぐらい人間に食べられたんだい」

兎は言った。

「もう、四~五回になるかなあ。でも、ぼくはまだいい方だよ。ぼくの友達なんか、人間に、三十回ぐらい食べられたと言ってるよ」

熊は言った。

「そりゃ、ひどい話だね」

兎も言った。

「まったく、ひどい話だよ」

その時、猟師がやって来た。

「まったく、君達の話は、人を食った話だね……」

熊は言った。

「その通りです。人を食った話です」

兎は言った。

「いえ、私のは、人に食われた話です」

猟師は言った。

「わしも、よく人を食った話をするが……。年を取って総入れ歯になると、『人を食った歯無し』、『人を食った歯無し』と言われる。これも、人を食い過ぎた罰だ。ところで、わしはこの年になっても、人を食った話をするが、された方の人間は、人に食われたと思ってるね」

　熊は言った。

「じゃ、ぼくと同じですね」

　兎も言った。

「じゃ、ぼくも同じですね」

　歯無しの猟師は言った。

「そうだ、全く君達と同じだ」

　熊と兎はうれしくなった。猟師もうれしくなった。

　三人はその場で意気投合し、仲良くなった。そして、和気藹々（わきあいあい）として、お互いを食べ合った。まず、猟師が兎を食べ、その猟師を熊が食べた。三人は幸せだった。三人は、お腹の中で言い合った。

「また会おうね」

「そうだね、また会おう」

　最後に残った熊は、うれしそうに、森に帰って行った。熊のお腹の中で、猟師は言った。

「何度やっても、人を食った話は面白いなあ」

熊は笑って言った。

「本当だ、人を食った話は、その人が喜んでくれたら、これ程楽しいものはない。ハハハハ」

お腹の中の猟師も笑った。

「ハハハハハー」

熊は、腹を抱えて笑い、さらに森の茂みに分け入った。

# 犬

三羽の椋鳥（むくどり）が、トリドリに踊っている。

「サンバ」

それを見ていたニワトリが言った。

「なんで、サンバやねん。ニワで踊らんかい」

文句を言うニワトリに、猫が言った。

「そんなに、キャッとなるなよ」

その光景を見ていた犬は、フッと笑って、去（い）ぬのであった。

犬小屋に戻った犬は、今見た光景の意義を考えた。その時、番（つが）いのカラスがやって来て、カアカア鳴き始めた。うるさいカラスの鳴き声に、辟易（へきえき）として犬は言った。

「そんなに鳴くと、声カラスよ！」

思い込みの激しい、惚れっぽい雌カラスは、犬の言葉に勝手に愛を感じた。

「そんなに……、私のことを心配して下さって……」

犬は言った。

「さっきから、何をカアカア鳴いてるの?」

雌カラスは、つけ睫毛(まつげ)をパチパチさせて、うれしそうに言った。

「マリア・カラスの愛の歌を……、ちょっと、雄ガラスに歌ってました」

犬は耳を疑った。

「えっ。なに? マリア・カラス……?」

雌カラスは、口紅をぬたくった口を、大きく開け、胸に羽根を当てて言った。

「そ、そうなんです」

犬は首をかしげ、またその意義を考えた。

「わからん……。なぜ聖母マリアが、カラスになるのか……」

雌カラスは、また目をパチパチさせた。しかし、その時吹いたそよ風に、つけ睫毛が
二三本、飛び散った。それでも雌カラスは、犬の気持ちを勝手に察し、つぶやくように

言った。

「そ、それは……、愛の力です」

「なに？　愛の力？　そうだったのか……。それで、聖母マリアがマリア・カラスになったのか。すると、最初に見た光景も、あれは愛による現象か……」

その時、サンバを踊っていた、三羽の椋鳥がやって来た。そして、犬に言った。

「そうよ。私達は、椋鳥の夫婦と子鳥です。卵を孵(かえ)す温かさ、それは愛の力よ。愛の力が、子を生む産婆(サンバ)の働きをするの」

すると、さっきのニワトリもやって来た。

三羽の椋鳥を横目で見ながら、迷惑そうに言った。

「庭には二羽のニワトリがいるのに、なんで三羽やねん。なんで、サンバを踊るねん。稲庭(いなにわ)うどん食べる二羽のニワトリは、愛の力で、いま結ばれようとしてるのに……。静かにせんと、プロポーズが壊れるやないか！」

さっきの猫は、いつの間にか、犬小屋の上で寝そべっている。

「そんなに、大げさなものかね。闇があたりを覆うとき、闇の力が、猫の愛に変わる……。ふっ、ふっ、ふっ。闇が来るまで……、猫は、ヤミヤミヤミ——で、彼女を待っておやすみだ——」

「ニャーンだと！　ニワトリは鳥目なんじゃ。闇の中では、相手は見えんわい！　トサカに来る猫じゃ。お前は……、黒猫富山の薬売りか！　それとも……、招きん玉猫か！」

ニワトリは、また怒った。犬小屋にいた犬は、心配そうに言う。

「そう、ケンケン言うなよ。ニワトリ君。愛の形は様々だから、自分と同じではないよ。だから、お互いもっと犬虚になるべきだ。ぼくは秋田犬だが、もう、ケンカには飽きたけん！　なにより、平和が大事だべー」

こう言いながらも、愛を感じる相手がないことを、犬は淋しく思うのだった。

犬小屋の奥に、モゾモゾ座り直した犬は、今あったことの意義を考えた。

「結局は……、愛なんだ。愛は、どんなものでも結びつけるんだ。ところで、犬の中で最も愛に満たされ、幸せだった犬は……。やはり……、渋谷の犬かな。一日八回キスしたという、あの伝説の犬、『チュー犬八公』だ」

恋人のいない犬。愛を実感したことのない犬は、犬小屋で、意義を考えるしかなかった。

# 黄金伝説　清拭篇

わしは、江口浩一の金玉である。名前はまだない。まあ、とり合えず、かわいらしく金太と言っておこう。わしの主人（あるじ）江口浩一は、かつて暴走族のリーダーだった。

ある時、主人がバイクに乗っていて、トラックに正面衝突したことがあった。主人は、しばらく意識不明だったが、わしはしっかり起きていた。というより、衝突の衝撃で、胎蔵界のわしと、金剛界のわしが、うまくキンクロナイズできず、苦痛で喘（あえ）いでいたのだ。意識は朦朧（もうろう）とし、危うく金太というキン格を、喪失する所だった。

ところが、その時、かわいらしい看護婦が来て、「清拭（せいしき）します」と言った。「なに？清拭？」意味がわかわぬまま、ダラーンとしていると、彼女は洗面器にお湯を入れた。

「何をするのだ！」わしは、思わず大きな声を出して、叫びたかった。しかし、みみずやハマグリが、鳥に食われたりボイルされる時、叫べないように、わしはその時何も叫べなかった。その代わり、言い知れぬ恐怖を表す、玉踊りをした。胎蔵界のわしと、金剛界のわしが、オリンピックのシンクロの決勝のように、息がピッタリ合い、一つの生き物のように躍動した。時には、手をたずさえて斜めに泳ぎ、時には、交互に上がり下がりしたのだ。

だが、シンクロとわしらとは、大きく違う所がある。それは、わしらには、「おふくろ」が居ることだ。わしらは「おふくろ」に愛され、毎日包まれている。「おふくろ」は、わしらが生まれた時から、ぶらんこして遊んでくれた。前後のぶらんこ、左右のぶらんこ、うず巻きぶらんこなど、いろいろだ。「おふくろ」は、ぼくらに大切な生き様を教えてくれた。玉上がりして体に近づくと、体温の影響で玉は温まる。そして、逆に玉下がりすると、体から離れるので、玉の温度は下がる。こうして、玉の温度を保つ大切さを、おふくろは顔一杯にシワをため、全身をクネらせて教えてくれた。わしらを、こうやって苦労して育ててくれたのだ。おふくろには、今も頭が上がらない。だから、おふくろのシワシワの体に包まれ、今も生きているのだ。

さて、その看護婦さんは、洗面器のお湯に何やら不思議な液を入れた。それから、タオルを入れて絞ったかと思うと、真剣な顔で、わしに近づいて来た。わしは、恐怖のあまり縮み上がった。おふくろも驚き、容積を三分の一に縮めた。ちょうど、砂浜の寄居虫（やどかり）が、驚いて貝に入るように……。わしは、そのタオルで首を絞められるのかと思い、恐くて縮み上がったのだ。

しかし、それは思い過ごしだった。彼女は、丁寧に主人の体を拭いた。隅々まで拭いた。そして、最後にわしをタオルで包み込んだ。温かくて、優しくて、本当に気持ち良かった。おふくろも、シワ伸ばしをしてもらい、ご機嫌だった。わしもおふくろも、あまりにも気持ちよくて、グニャグニャになった。それで、看護婦さんが居なくなった後も、春の日だまりに、猫と日なたぼっこするように、恍惚となってダラーンとしていた。

すると、わしの主人江口浩一は、意識不明のはずだったが、口元がほころび、いつの間にか笑っていた。その幸せそうな寝顔を見て、医師と看護婦が話している。

医師「ふっ、ふっ。何か、楽しい夢でも見ているのだろう」

看護婦「クスッ。そうですね。ゴリラのような顔でも、恋人とのデートの想い出があるのでしょう」

医師「おい、君。それは失礼だよ。ゴリラ顔が好きだと言う、猿顔の女性もいるんだからね……」

それを聞いて、わしは一瞬カッとなった。おふくろも怒った。それにつられて、亀立天神も起きた。すると、医師はこう言った。

「おやおや、意識不明なのに、お元気なこと」

看護婦もすかさず言った。

「やっぱり、デートの夢を見てるんですよ……」

医師は言った。

「ふっ、ふっ、ふっ、お幸せに……」

「うるさい！　余計なこと言うな！　そんなんと違うわい！」

わしは、本当に腹が立って、そう叫びたかった。

その時、亀立天神はおもむろに頭をもたげ、こう言った。

「まあ、そう怒るな。これも、清拭の気持ち良さの代償だ。甘んじて受けよう」

　そう諭（さと）されて、さすがに短気なおれも、改心した。

「それもそうだ。あの、日なたぼっこの心地よさや幸せは、全てあの看護婦さんがくれたものだ。本当は、お礼を言うべきなのだ。声がないので、聞こえないかも知れないが、お礼を言おう。看護婦さあん！　あの清拭、気持ち良かった。本当にありがとう！」

　こうして、おれは正式（せいしき）に礼を言ったのだ。医師と看護婦は、集中治療室から、笑いながら出て行った。主人の江口浩一は、寝返りも打たず、笑ったままの顔だった。


【編集部註】

「看護婦」の名称は、二〇〇二年以降、男女とも「看護師」に統一されましたが、本作品では表現の関係上「看護婦」としています。

# スネークより明るい、　ラビットマンショー

●スネークより明るい、ラビットマンショー「タマゴ」

男Ａ「おいキミ」
男Ｂ「なんだシロミ」
男Ａ「ズボンからタマゴが！」
　タマゴを割る音
男Ａ「エッグイものを早く……」
男Ｂ「そんな大目玉せずとも」
男Ａ「早くスクランブル」
男Ｂ「そんな、もオオムレツに怒らずとも」

鉄板でオムレツをいためる音

男Ａ「そんな大事なものをいためて、お前、命を落すぞ。ニヌキか」

男Ｂ「いや、温泉タマゴに入った感じで、気持ちいいよ」

男Ａ「すごい、精神力のタマゴだな」

男Ｂ「いやー、タマタマ、マタマタ、タマゴ好きなんだ」

男Ａ「それでも、みっともないからこれ履けよ」

男Ｂ「いいんだ。ズボンのことはズボンでするから」

フライパンで、頭をなぐる音。パーンッ！　パーンッ！（パーンがフライパンの音で、ツーは人間の声）

●スネークより明るい、ラビットマンショー「ホテル、ニュー越路」

男女が、「ウフフ、ウフフ」といちゃつく声。そして、エッチにささやく声。と同時に、越路吹雪（こしじふぶき）の、「愛の讃歌」のＢＧＭが流れる。ずっと、最後まで流れる。

男「ゆっくりと、男女がいちゃつく、最適の歌」
男女「ホテル顔。ニュー越路」
男女「ホテル顔。ニュー越路」
男「二千年代をリードする、オカマの歌」
男女「掘ってる、ニュー越路。掘ってる、ニュー越路」
男「あなたの、ナイトこまるライフが、まだあるかどうか。もう、なくなったのかどうか」
男女「ほっといて、ニュー越路。ほっといて、ニュー越路」

# ヒーロータケル　田んぼの戦い篇

ヒーロータケルは、田んぼに現れた妖怪と戦っている。タケルは言った。

「おいこら、お前。名を名乗れ」

化物は答えた。

「なんじゃらほい」

タケルは言った。

「変わった名前だな。なんじゃらほいとは……」

化物は、もどかしそうに言う。

「ちがあう、ちがあう。それは名前じゃない！」

タケルは、首をかしげて言った。

「チガウチガウという名前か。お前、すぐに改名する妖怪だなあ」

化物はまた言った。

「ばあかな、ばあかな。それも名前じゃない！」

タケルは、いぶかしそうな顔で言った。

「なに？　今度はバカナか。お前、いくつ名前を持ってるんだ。名なしのゴンベエという化物はいるが……。お前、名持ちのゴンベエか？　それとも、名だくさんのゴンベエか？」

化物は、急に小さくなり始めた。

化物「名なしのゴンベエだと……。ヤバイ、ヤバイ。こりゃあー、ヤバイ！」

タケル「なに？　今度はヤバイか。こりゃあーヤバイだと、また別な名を言ったな。お前は、本当に変な化物だ。田んぼの化物め！　山があっても山梨県、田んぼがあっても田無市（たなしし）と言うが、さしずめ……。田無（たなし）のゴンベエというところか。それにしても……。名無しのゴンベエの、反対の化物がいるとはなあ……」

その時、突然化物は大きな奇声を発し、のた打ち回って消えた。すると、田んぼの中には、大きなタニシの死骸があった。そのタニシの死骸の側に、一匹のカエルがいた。

カエルは、感心したような顔で言った。

カエル「さすがは、ヒーロータケルだ。見事なものだ。なぜわかったんだ?」

タケル「わかったって、なにが……?」

カエル「なにがって、なにが?」

タケル「なにがって、なにが?って、なんなんだ」

カエル「なんなんだって、言われても、そりゃなんなんだ」

タケル「お前、変なーカエルだな」

と言うと、カエルは急に大きくなり、ピョンピョン跳ねて苦しんだと思うと、パッと消えた。

タケル「なんだーこりゃー?」

すると、背後から狙っていた大蛇は、突然姿を現し、蛇踊りしながらのた打って消えた。

キョトンとするタケルの頭上に、火の鳥が現れ、こう言った。

火の鳥「タケルよ、見事じゃや。天上界から、勇気あふれるお前の活躍を見て、感動して降りて来たのじゃ。それにしても、三つの妖怪の正体を見破り、その秘めた名を言い当て、連続で退治するとは……」

タケル「おれ、いつ見破り、いつ退治したっけ。そう言われても……」

火の鳥「ホッ、ホッ、ホッ。タケルよ、いつものように、おのれの力を謙遜して……。最初の化物は、タニシ妖怪『タニシのゴンベエ』じゃ」

タケル「えっ？『タニシのゴンベエ』？　おれ、田無のゴンベエと言ったのに、あいつ、聞き違えたな……」

火の鳥「次の妖怪は、カエル妖怪『ヘンナー』だった。タケルよ、お前は、瞬時に『ヘンナーカエル』と見破り、退治してしまった。見事じゃ！」

タケル「い、いや。おれ……、単に、変なーカエルと言っただけだよ。それを、あいつが聞き違えたんだ」

火の鳥「またまた……。ご謙遜を……。そして、次の大蛇妖怪は、『ナンダー』という妖怪で、韓国から来た外来妖怪よ。その姿を、なかなか現さない妖怪で、タケルが寝てる間に、絞め殺そうとしてたのよ。それを、いとも簡単に見破り、おまけに出身国まで見破ったわ。本当に、見事だったわ……」

タケル「ええ……。おれ、そ、そんなんじゃなく……。単に、なんだーこりゃーと言っただけだよ。それを、大蛇が勝手に聞き違え、見破られたと勘違いしたんだ……」

火の鳥「いいのよ、いいのよ。そんなに謙遜しなくても……。また、困ったことがあれば、いつでも私を呼びなさい。それじゃ、またね！」

と言って、七色の羽根を羽ばたかせ、金粉をあたりにまき散らし、火の鳥は揚々と宇宙に帰って行った。

田んぼの中で、キョトンと立つヒーローータケル。

タケル「おれ、別に困ってないし、呼びもしなかったのに、なんで火の鳥が来たのかな？」

ヒーローータケルは、誤解につぐ誤解で守られ、勘違いにつぐ勘違いで妖怪を倒した。しかし、さすがのヒーローータケルも、かなりヒーローーした。

「ああ、疲れたあ……」

と言いながら、田んぼを出たヒーローータケルは、次の敵の待つ国へ明るく旅立った。

# ヒーロータケル　村人篇

　都会の喧噪（けんそう）を抜け、ヒーロータケルは、ある田舎の商店街へ出た。そこで、村の若者五人と出会う。若者の中のリーダーアキラは、バイク狂である。アキラはヒーロータケルを見て、おそるおそるたずねた。

アキラ「あの……。あなたは、どなた様ですか？　このあたりでは、あまり見かけない感じの……。何だか神々しい……」

　タケルは微笑みながら、大きな声で答えた。

タケル「私は……、ヒーローターケールだあ！」

「うわ〜、うあ〜」と叫びながら、若者達は急いで寄り添った。何やら話し合った後、ヒーロータケルの前に進み出て、土下座した。

　リーダーのアキラは言う。

アキラ「お、おみそれしました。わたし達が悪うございました。お、お許し下さい。これです。これが、私達の拾ったサイフです。お返ししますから、お許し下さい。だから、お願いですから、私達を蹴らないで下さい」

タケルは、首をかしげながら言う。

タケル「えっ？　一体なんのことだ。どういう意味だ？　君たち、一体なんだあ？」

すると、また若者達が叫んだ。

「わ、わー！　お、お見それしました。『拾（ひーろー）うたー蹴ーるー』とは……。わ、わ、私が、南田（なんだ）です……」

と言って、若者達は恐怖におののき、その内の一人が、恐る恐る立ち上がった。

南田（なんだ）「わ、わたしは南田です。よく、みなみ田と読む人がいるのですが、『なんだ』と読むのが本当です。それをご存知で、さらに、私がサイフを拾った張本人であることを、即座に見破るとは……。まったく……、恐れ入りました」

タケル「イ、イヤー。別に、そのー」

とタケルが言うと、また、一斉に若者達は叫んだ。

「うお——！　すごいー！　恐れ入りました……」

と言って、全員がまた土下座した。すると、三人が立ち上がり、その内の一人が、震えながら言った。

「わ、わたしは、祖谷（いや）と言う者です。先祖は四国から来ました。わたしが、あなたのサイフを、南田（なんだ）から受け取ったのです」

　次に、もう一人の若者が言った。

「わ、わたしは、別荷（べつに）と言います。別な荷物の荷（に）と書いて、別荷（べつに）と読みます。先祖は、大阪の廻船問屋（かいせんどんや）でした。私が、祖谷（いや）君から、サイフを受け取ったのです」

　こう言い終わると、三人目の若者が言った。

「わ、わたしは園生（そのう）です。園（その）生まれると書きます。先祖は公家（くげ）で、京都府の福知山だそうです。むかしは、そこで荘園領主をやっていたそうです。私が、別荷（べつに）くんから、サイフを受け取ったのです。お、お許し下さい」

　タケルは、苦笑しながら言った。

タケル「イヤー、別にー、そのー」

三人の若者は、頭を地面にこすりつけ、ますます恐れ入り、嗚咽しながら言う。

祖谷(いや)、別荷(べつに)、園生(そのう)「うっ、うっ、う、うー。も、申し訳ございません。お許し下さい。『拾(ひろ)うたー蹴ーるー』などとおっしゃらず……。何卒(なにとぞ)、お許し下さい。取るつもりはなかったのです。交番に、届ける所だったんです……。本当です。ほんとーうに、本当です」


タケルはあきれて言った。

タケル「何もー、そこまで土下座しなくても……」

タケルは、若者をなぐさめるつもりで言ったのだが、若者はかえって騒ぎ、益々恐れ入るのだった。


また一人が、立って怯(おび)えながら言う。

「わ、わたしは、何茂(なにも)です。何(なに)が茂(しげ)ると書きます。先祖は、京都の下鴨(しもがも)神社の社家(しゃけ)です。私が、土下座した理由は、私が最後にサイフを受け取ったからです。どうか、お許し下さい。それにしても……、サイフを受け取った順番といい……。その順番通りに、次々と名前を言い当てるとは……。何という、透視能力なんだ。誠に……、おそれ入りました」

タケルはあきれて、「イヤ……、別に……、何も……、そのう……、何だ？　訳がわからん……」と、つぶやくしかなかった。

その時、リーダーのアキラは言った。

「今まで、私は、いろんな超能力者をたずね、行者にも会ったけれど、あなた程の人はいなかった。われわれを、あなたの弟子にして下さい。お願いします！」

他の若者達も、一斉に頭を下げ、おじぎして言った。

「お願いします!!」

困惑するタケルに、アキラはまた言葉をかける。

「まずは、これ。拾った、あなたのサイフです。これを、お返しします！」

タケル「え、えっ？　これ……、私のサイフではない……」

アキラ「またまた……。ご謙遜を……。さすが、本物の超能力者は違う。自分のサイフでも、一旦落としたものは、人々へのお布施と考える……。うむ……。いやはや、超能力者であると同時に、聖人でもあったとは……」

それを聞いたタケルは、もどかしくなって叫んだ。

タケル「じょ、冗談じゃなーい!」

するると、草むらから、太い男の声がした。

「うあー! お、おそれ入りやした!」

な、何が起こったのだ。そこに居た人々には、理解できなかった。その時、片手に刀を持った武芸者が、のっそり草むらから現れた。

武芸者「む、む、む……。お、恐れ入りやした。なくしたサイフを、取った奴だと思い、刀を、上段に構えて斬ろうとしたが……。一瞬、『上段じゃなあーい!』と虚を突かれました。そう、私の得意技は、上段ではなく、中段からの突きなのです。それを見破るとは……。私も、武芸者として長年旅をしてるが、これ程の使い手に会ったのは、初めてのことです。さぞかし、名のある方に違いない。どうか、名をばお聞かせ下され」

とまどうタケルを、横目に見ながら、アキラは言う。

アキラ「この方は……。そんじょそこらの方ではない。ヒーローターケールーと言って、超能力者であると同時に、聖人なのです。初めて会った人でも、その名前を、ズバズバ言い当てるのです……」
武芸者「ほ、ほおおお！」
タケル「ま、まさかー！」
　そのタケルの言葉を聞くなり、武芸者は、ガバッと土下座した。
武芸者「お、お、恐れ入りやした。こ、こ、こんなに驚いたのは、許嫁（いいなずけ）が、オカマだったことを知って以来です……。何を隠そう、私の名は正鹿（まさか）と申します。正しくは、正鹿（まさか）毅（こわし）です。「まさか」は、正しい鹿と書きますが、何でも、先祖は正鹿山祇（まさかやまづみ）と言う、古（こ）事記（じき）にある神様らしい。千葉の香取神宮（かとりじんぐう）の側に、その神を祭る神社があります。先祖は、香取神道流の流れを汲（く）む、武芸者が多いのです。私は、それから新しい流派を起こそうと、技を磨き、旅をしています。だがしかし……。後ろにいる敵の……、しかも草むらにじっと潜む敵の、上段の構えを見破るとは……。さらに、私の得意技が、上段じゃないことまで見破るとは……、本当に、恐れ入りやした」
タケル「あ、いや！　そ、それは……」
　その時、若者の一人、祖谷（いや）君は唐突に立った祖谷（いや）「はい、何でしょうか」

タケル「あ、その……、いやー、何でもない」

　すると、若者の一人園生（そのう）君は、すっと腰軽く立った。

園生（そのう）「はい、何でしょうか」

タケル「あ、いや、別に……。何も……」

　すると、別荷（べつに）君と何茂（なにも）君も立ち上がった。祖谷（いや）君、別荷（べつに）君、何茂（なにも）君の三人は、声をそろえて言った。

「はい！　何でしょうか‼」

タケル「えっ！　何だ、急に。大きな声で……」

　すると、また若者の一人が立った。南田君である。

南田（なんだ）「はい！　何でしょうか」

タケル「え、まさか！　そんな、順番に立つなんて。アキラかに！　君たち、おかしいよ」

　すると、武芸者の正鹿（まさか）、リーダーのアキラは、立って恭（うやうや）しく言った。

正鹿・アキラ「はい！　何でしょうか!!　何でも、あなたの仰せに従います」
その時、上空のはるか彼方から、火の鳥がやってきた。いつものように、ニコニコしながら、タケルの頭に金粉をかけて言った。
火の鳥「タケルよ。見事じゃ！　あなたは、愛によって村人を帰順させ、勇気と剣の技で、当代一の武芸者を打ち負かした」
タケル「えっ、そんな……。ぼくは、何も……」
その時、何茂君は、頭をゆっくり下げた。
火の鳥「いいのよ、いいのよ。また、そんなに謙遜しなくても……。愛と勇気と剣の技が備わった以上、あなたに、この三つの玉をあげるわ」
タケル「えっ。三つの玉？　ぼくには、二つの玉しかないけど……」
火の鳥「すると、これをあげると、五つの玉になるわねえ」
タケル「そ、それは、タマタマそうなるだけです」
火の鳥「いいのよ、いいのよ。また、謙遜して……。この三つの玉は、愛の玉、勇気の玉、剣の技を生む、智恵の玉よ。すなわち、あなたの智、仁、勇の玉なのよ。これで、楠木正成（くすのきまさしげ）や諸葛孔明（しょかつこうめい）と同格になったわ。それから、超能力者は智、聖人は仁、武芸者は勇よ。あなたは、その三つの玉を得て、神に選ばれた、本当のヒーローになったのよ。それじゃあね。困ったことがあったら、その玉に祈りなさい。私が、美容院に行ってる間も、その玉はあなたを守るでしょう。さらばじゃ！　タケル」

と言って、火の鳥は、少しお化粧を直して金粉を撒（ま）いた。それから、ブラジャーのヒモの位置を調え、空高く飛び立って行った。

こうして、ヒーロータケルは、誤解につぐ誤解、聞き違えにつぐ聞き違えで、本当のヒーローになった。今や、超能力者であると同時に、聖人（ひじりびと）でもある。さらに、偉大な武芸者ともなったタケルは、次の敵の待つ国へ、せき立てられるように急ぐ。

しかし、多くの弟子や従者を従えるより、タケルは、一人の旅を選んだ。そこでアキラは、愛用のバイクを寄贈することにした。ブオーンという轟音とともに、ヒーロータケルは旅に出る。人々は、タケルの神々しい後ろ姿に、名残おしい惜別の手を振るが、タケルが無免許であることは、誰も知らなかった。

# 解説鑑賞

玉子ノ君左衛門（たまごのきみざえもん）

初めに、この解説鑑賞の量を見て、決して驚かないで下さい。これは、「世の中には、星の数ほど小説や本がある。一冊ぐらい、本文より解説が長いのがあっていい」という、著者の希望を、編集部が叶えたものです。と言うのも、第一弾の短篇集『蜥蜴（とかげ）』は、ベストセラーとなりましたが、今までの小説観念にしばられ、的（まと）ハズレな評価をする人も居たからです。

著者は文芸に生きてる人ですが、その他にも、専門分野がいくつもあり、驚くほど博覧強記な方です。また一瞬のヒラメキで、一気に創作するタイプですが、同時に何通りもの意味を、その中に含ませます。ちょうど、グリム童話や古事記、ギリシャ神話を創作する感じです。

『バッタに抱かれて』は、二〇〇七年十月末から十二月末の、約二ヶ月間に書かれた短篇が収録されています。前作『蜥蜴（とかげ）』からの読者の方も、今回初めて、戸渡阿見作品を手に取った方もあると思いますが、今回の短篇集を、皆様はどう思われたでしょうか。

どこまでも続く、マシンガンギャグは、相変わらず健在です。ギャグやダジャレも、ここまで続くというのは、並たいていの才能ではありません。ギャグと文学的表現とSFが、自然に混じり合って泣ける、というのが、戸渡阿見作品のおもしろい所です。しかも、その中に、「作者の隠れたメッセージ」があるのです。

しかし、ひとつひとつの作品に隠れた意味や、隠れたメッセージは、一読しただけでは、気づかない方も多いことでしょう。無論、隠れた意味に気がつかなくても、小説として、楽しめばそれでいいのです。あるいは、作者の意図とは、全く違うメッセージを感じても構いません。とにかく、読後感がさわやかで、明るく楽しく、読んでいて前向きで幸せになれば、それが一番なのです。

「人生には大変なこと、つらいこと、悲しいことがたくさんあります。それなのに、小説を読んでまで、暗い気分になることはない」と、作者は語っています。

作者は、小説家であると同時に、多くの事業や福祉、学術や芸術を実践する人だからです。ちょうど、「タイムマシン」や「透明人間」、「宇宙戦争」を初めて創作した、H・G・ウェルズに似ています。彼は博覧強記で万能な上に、肩書きが六〇〇以上もあったそうです。イギリスやヨーロッパでは、そういう個性は許容されても、なかなか日本では育ちません。日本の文壇や社会が、それを許さないからです。それだけ、日本人はまじめで、何かを一筋にやり遂げた人を尊ぶのです。空海や平賀源内、筒井康隆などは、その中でも良く戦い、名を残した希なケースでしょう。

この本の著者戸渡阿見氏は、二十人ぐらいの人間が、一人に合体したような人物です。が、その本質は明るく面白く、かつ深淵で重厚な思想の持ち主なのです。その思想の奥深さや広がりは、短い作品の中にも伺えます。それを、破天荒な面白さと、洗練された文体で織りなすのです。

作者は文学や小説について、こう語ります。

――困難や苦しみや悲劇を、いかに明るく、前向きに越えて行くか。人間にとっては、それが最も大切なことです。しかし、これは宗教や哲学や福祉、成功するビジネスマンのテーマです。これが小説となると、当たり前で単純すぎて、実につまらないものになります。何事も、真理は単純で、実行するのに難しく、語ることは簡単なのです。だから、それをストレートに書けば、最近では珍しい、白樺派の生き残りだと言われます。それで、現代の小説家は、どうしても人生の暗闘部分や、孤独や疎外感をひねって書くのです。これが、現代における文学のテーマだと信じて……。

その気持はわかります。しかし、厳しい現実に直面し、それと必死に戦って生きる人にとっては、暗くて淋しい、重たい作品群です。だから、純文学は、忙しい現代の大人にはなかなか読まれません。ホリエモンや政治家が投獄され、孤独と疎外感と悲劇を痛感する時、むさぼり読まれるぐらいです。

また、青春時代に命がうずき、孤独と疎外感を社会で感じる時、純文学が心の渇きを癒します。そうなると、健全な人間が、健全な時に読めないのが、純文学なのでしょうか。囚人や浪人や病人、また悩み多い若者だけが、共感できるのが純文学なのでしょうか。

純文学とは何か。文学とは何なのか。もしそれが、人間を描き、人間の真実を語るものならば、暗闘や孤独や疎外感が、人間の真実だと決めたのは、一体誰なのでしょうか。それは、暗闘に生き、孤独に生き、疎外感に生きる人達が、勝手に決めただけです。だから、作家でその心が煮詰まって、自殺する人も多いのです。特に、フランス文学やフランス映画には、そんな傾向があります。

それらを克服し、前向きに明るく、健全に生きようとするビジネスマン、政治家、宗教家、福祉家は、それを克服する悟りや行動の中に、真実の人間やその尊さ、立派さを感じるものです。それが、本当は純文学であり、高い文学のテーマであるべきです。しかし、そういう作品は、余程の筆力がないと、つまらない作品になりがちです。そして、そんなテーマの優れた作品群は、すでに、古典で出尽くした感があります。

また、暗闘や孤独や疎外感を描いても、平家物語のように、『滅びの美』という詩情の美しさまで、昇華させた作品は少ないのです。多くの現代作家は、暗闘と孤独と疎外感に浸り、そこからなかなか抜け出せず、みずから酒と異性に浸ります。作品を生み出す苦しさの反動で、そうなるのも無理ないことです。しかし、作家の紡ぎ出す文体と言葉の調べの中に、その人の精神と人間の中味が、全て表われるものです。だから、どうしても尊敬できない、愛せない作家も居ます。人間として、あまりにも未熟で、浅く感じる作家も多いのです。

しかし、良く考えれば、それも無理ないことです。現在の文壇が、そういう価値観に支配されてるからです。その中で、暗闘や孤独や疎外感を克服し、行動の中に人間の真実や尊さ、立派さを追求する作家は、どうしても、ドキュメンタリーや歴史小説に移行します。歴史に名を残した軍人、政治家、経済人、宗教家、福祉家、芸術家は、人間の真実を語り、人間の本質を描く、実在の教科書だと言えるからです。

それでも、司馬遼太郎の歴史観や人間観には、どうしても大きな偏りを感じます。作品は、どれも面白くて好きですが、真実の人間や歴史を描いてるとは思えません。筆の力にのせられて、学術的に正統な歴史観や政治観、また宗教観を歪めてる場合も多いのです。しかし、あれだけの資料を読みこみ、あれだけの筆力で生み出す、作品の量と質には敬服させられます。それでも、学術的な基本を見落とすケースも多いのです。特に、「天才の成り立ちとしての空海」を描いた、「空海の風景」は、どうしても納得できません。空海は、どこをどう見ても、真言八祖である宗教家です。全ては神仏の天啓によって動いた、天啓の宗教家です。それを、「天才の成り立ちとして描く」ことが、納得できません。それは、空海の真実ではないからです。あれが空海かと思われると、空海に申し訳なく、真言宗にも申し訳ない気がします。そもそも、天才とは理解し難いものではありません。「天啓を受けて、自在に表現する」だけのことです。天啓がないのは、天才ではありません。また天啓があっても、自在に表現できなければ、単なるシャーマンであり、天才ではないのです。たった、それだけのことです。たとえば、第二次大戦で天才と言われたパットン将軍は、夜にテントで寝ていると、死んだ父親の霊が現われ、敵戦車隊の陣形や作戦を、悉(ことごと)く教えてくれたのです。それで作戦を立てたので、連戦連勝だったのです。上杉謙信、武田信玄、源義経、楠木正成、諸葛孔明なども、全くこれと同じです。つまり、当時は当り前だった、シャーマニズムと神秘主義の理解なくして、歴史上の天啓宗教家や天啓武将の、本心や真実を知ることはできません。この、凡人から見れば天才に見える、天啓宗教家の理解がないまま、天啓の内味も吟味せず、どんなに資料を読み込んでも、空海の真実は解らないでしょう。役小角や行基、聖徳太子も解らないでしょう。その人の、人間の部分と天啓による部分、そして、神仏と一体になってる部分があり、三つが合体して、一人の人物になってるのです。それを分類して考えると、簡単に解るものです。その知識がないまま、百五十年前までは世界中になかった、唯物科学思想の知識人が、なんとなく解った気になるよう、千二百年前の天啓宗教家を描いたのです。偏ってないはずはありません。

また、幕末や昭和の歴史観も、歪んだものが多いのです。『独特の司馬史観』とは、歴史学者から見れば、『司馬遼太郎の勝手な歴史雑観、歴史エッセー』と言われるものも多いのです。

第一人者や巨匠がこれですから、歴史小説の文学性、また、歴史上の人物の人間としての真実を、正しく描くのは大変難しいことです。本当は、当時学んでいた学問や宗教の本質を深く学び、当時の価値観に基づき、自分も学者、自分も宗教家、自分も武士になってみないと、真実の所はわからないでしょう。しかし、そこまでやる歴史小説家は少ないのです。

にもかかわらず、重くて暗くて寂しい純文学や、独断と偏見で書く歴史小説が高く見られ、ＳＦやファンタジー、コミックやアニメ作家、児童文学や絵本作家を見下す風潮は、全くもって理解できないものです。余程、後者の方が創作性が必要であり、人間としての、明るい前向きな真実が描かれています。

ヒットしたコミックやアニメのテーマは、『友情、努力、勝利』の、三つがポイントになっています。アクション映画のヒーローも、おおむねこのテーマに、恋愛とセックスが入るだけです。またオペラやミュージカルでは、加うるに、『純粋さ、健気さ、自己犠牲』などがテーマになります。

人々の求める人間の真実は、暗いものより、こういう明るくて前向きなものが多いのです。また、たとえ暗めの悲劇や孤独を描いても、そこに圧倒的な音楽の美、美術の美、言葉やイメージの美がなければ、身体も心も拒絶するはずです。それが、人間の求める美の本質だからです。しかし、現代の文学では、囚人、浪人、病人、悩み多き若者以外は、なかなか心で受け入れ、満足できないものです。畢竟（ひっきょう）、SF、ファンタジー、冒険、探検、ホラーへと、才能ある作家も読者も流れて行きます。その作家達を、文学的に低い者と蔑（さげす）むのは、どう考えても、純文学や歴史文学作家達の、思い上がりだと思います。

面白い事に、歴史を作る人物に歴史学者はバカにされ、歴史学者にバカにされる歴史小説家が、SF、ファンタジー作家をバカにします。人間にも、文学にも、芸術にも、多様性があるのだから、何かをバカにするというのは、本来あってはならないことです。

また、長篇作家は中篇作家をバカにし、中篇作家は短篇作家をバカにし、短篇作家はショートショート作家をバカにします。また、ショートショート作家は、詩人をバカにし、詩人は歌人をバカにし、歌人は俳人をバカにし、俳人はコピーライターをバカにする、とは限りませんが、文字数の少ない方が、文学性が低いと見る傾向はあります。

しかし、コピーライターや俳人、歌人や詩人は、そこまで言葉を使わないと、人間の真実や詩情を描けないものかと思います。結局、全部やってみると、それなりに全てが難しく、全てに良さがあり、全てに限界があるのです。

長篇小説でも、実際に人が動く演劇や、CGやILMを駆使する映画と比べると、どうしても表現に限界があります。だから、お互いにバカにする所は、何にもないはずなのです。ところが、人間を狭く、文学を狭く、芸術を狭く捉える人が多く、自分の専門以外をバカにするのです。本当に偏狭で、愚かだと言わざるを得ません。

ノーベル文学賞も、故人になりますが、映画の黒澤明やコミックの手塚治虫が受賞しても、決しておかしくないはずです。結局の所、芸術としての文学とは何かを考えると、川端康成や村上春樹の言う如く、文章芸術と言える文学とは、文体の美しさやリズム、言葉の調べが命であり、長くても短くても、そこから生まれる詩心や詩的世界が美しく、また、物語りや文章を通して感じる作家の魂が、高貴で感動的ならいいのです。SFでもファンタジーでも、純文学でも歴史小説でも、恋愛小説でも冒険小説でも、関係ないのです。また、詩でもエッセーでも、短歌でも俳句でも、全く同じです。全てが人間を描き、人間の真実を追求し、それを文章で表現して深い美があれば、それは立派な文章芸術、即ち立派な芸術と言える文学なのです。長さやジャンルや形式は、関係ないのです。——

これが、著者の文学観であり、小説観です。

しかし、戸渡阿見作品は、どれも明るいエネルギーに満ちており、読んで元気になり、幸せな気分になるものばかりです。そして、作者はコピーライターであり、俳人であり、歌人であり、詩人でもあるので、文体が読み易く、洗練されています。また、画家であり、音楽家でもあるので、何ものにもとらわれない、自由さがあります。それで、キラキラした文学表現とゲラゲラ笑うギャグが、交互に来るのです。また、上品な表現と下品な表現も交互に来ます。だから、どの作品を見ても、飽きることがないのです。

それが、他の作家にない、一番の個性だと言えます。

しかし、各作品に隠された、作者の意図を聞けば、「そんな読み方もあったんだ」と、いっそうおもしろく読めるものです。そこで、この解説鑑賞では、「代表的な隠れたメッセージ」をご紹介いたします。

最初に述べたように、本文より長い解説文もありますが、「なに、この作品？　一体何が言いたいの？」「なに、この作品？　いったいどういう意味なんだ？」と、疑問に思った作品の、解説だけを読んでもいいし、本文以上に解説を楽しんでもいいのです。

それは、読者におまかせします。

まず、『ヒーロータケル』は、ボケキャラ天然ヒーローと言うべき、新たなジャンルの作品です。頓珍漢(とんちんかん)で、素っ頓狂(すっとんきょう)で、かみあわない会話。このユーモア感覚、このウィット、この洒落！　ズッコケヒーローというのは、まだありますが、ここまで天然にボケ続けるヒーローは、いまだかつて、なかったのではないでしょうか。

「ヒーローは、かっこいいものである」というイメージを、ボロボロに覆した作品です。

じつは、これは、作者の原作・監修による、『サイキッカーセイザン』という、アニメのパロディーなのです。つまり、自分で作ったアニメを、作者自らが、パロディーにしてるわけです。たとえて言うなら、アニメの「超人ロック」が、「ピンクパンサー」や、「オースティンパワーズ」を演じているようなものです。

畳みかけるギャグの爆発力と、スピード感、リズム感、テンポ感は、独特です。コッテリとしたボケ。神懸かり的なボケ。読者は、どこまで笑い続ければいいのか…。

しかし、その中に、「本当の名前を知れば、相手を支配できる」という、エジプトや日本にもある、古来の宗教観や、シャーマニズムのエッセンスを忍ばせているのです。

『黄金伝説』は、夏目漱石のパロディーで始まります。双子のような、左右の金玉が人格を持ち、シンクロしたりキンクロしたり、乱されたりしながら、独白を続け、ドラマが続いていきます。そんな発想が、作品として成り立つことが、斬新で驚きなのです。

しかも、お袋さん（母）、看護婦さん（異性）、医者（社会）、亀立天神（父や相談者）とのやりとりには、ひとりの男性が、成長する上で出会う人間関係が、象徴的にあらわれています。

『バッタに抱かれて』は、作者が主宰する劇団でも上演している、芝居の原作になるものです。舞台では、『アンドロメダ王子』、『朝が来たら』という、作者が作詞作曲した歌が、挿入歌として歌われます。

この物語りは、人間大の虫が繰り広げる、不思議な話です。しかし、カフカの『変身』や、安部公房、村上春樹の世界と比べ、なんと底抜けに明るいことでしょう。

また、「バッタ」という言葉を使った、ギャグの連発は語感と、リズム感が面白く、「現代のシェークスピア」と評価されるのも、頷ける所です。

絵画の世界では、作品に輝く魂が表れるためには、素朴で純粋で稚拙であることが、巨匠の条件だと言われています。ゴッホ、ゴーギャン、シャガール、ミロ、マチス、ピカソ、梅原龍三郎も安井曾太郎も、皆そうです。ひねくれた理屈をこねない、素朴でストレートだけれど、洒落ていて、口にするといつも噴き出してしまうギャグ。戸渡阿見作品の多くは、そんなギャグに満ちています。

バッタが、宇宙の王子だったという、前代未聞の展開には、誰もが驚くでしょう。しかし、作者はその直後に、胸打つ感動のラストを用意してたのです。

主人公の「私」は、手紙を読み終えて、三日三晩泣き続け、独白します。この、稚拙っぽいストーリー展開の中での独白に、なぜだか涙した人も多いことでしょう。そういう文体で、切々と書き進めているのです。そして、まるで、神に見守られていたことを、初めて知った人の感動のような、愛に包まれた女性の幸せが、伝わってくるシーンです。そして、バッタは言うのです。「君は、よくガンバッタ。ガンバッタ。バッタ、バッタ、バッタは君を愛してる！　宇宙で、誰よりも君を愛している」

笑いながら泣いてしまう。そして、勇気づけられる。まさに、心揺さぶる文学の力です。ギャグがなくても成り立つ、美しい調べの文体、ストーリーです。しかし、敢えて劇団のために、ギャグが散りばめてあるそうです。

また、バッタのほうも、心や肉体の感受性の乏しいメスバッタよりも、働き者で頑張り屋、そして、優しい心と性的感受性豊かな女性を、理想の女性像にしているのです。そういう女性を、宇宙一愛してるわけです。

ここには、秘められた、女性が求める究極の男性像と、男性が求める究極の女性像が描かれています。つまり、普通の人には、二メートルのバッタにしか見えない、イケメンでもない、変な男性でもいいのです。そんなことは、全く気にならない。それよりも、知恵と勇気があって男らしく、自分のわがままを、そのまま受け入れてくれる包容力があり、自分が懸命に頑張る所を、いつも、遠くから優しい目で見ていてくれる男性です。そこに、男性にしかない、知的で優しくて深い父性や、人間性、男らしさを感じるのです。

また、男性にとっても、前述した宇宙一愛する女性像に加え、たとえ自分が居なくなっても、あっさり別な男に鞍替えせず、三年経っても自分を愛し続ける所。さらに、その愛のために、草の臭いのする化粧品を売る健気さに、男性への純粋な愛を感じるのです。それが、やはり、男性の求める究極の女性なのです。

この作品には、ギャグと意外性が散りばめてありますが、同じぐらいに、凝った文学表現が散りばめてあります。そこに、主人公の女性心理が、巧みに表現されているのです。この作品は、劇団でもいちばん笑って泣ける、名作の一つになっています。

『白熊』は、全くギャグや下ネタのない作品です。川上弘美や村上春樹のテイストに近いように思えますが、それよりも、ずっとやさしい、作者の眼差しがあります。

青春時代に、やりたいことは全てやった、思い残すことはない、と言い切れる人は意外に少ないはずです。「やり残したこと」「言い残したこと」「やりたくても出来なかったこと」への、どこか満たされない思いは、誰もがもってるものでしょう。しかし、今さら、それをどう取り返したらいいのか、見当もつきません。

しかし心の世界では、過去も未来も、また現在さえも混在するのです。だから、何歳になっても、修正は可能です。その意味で、誰にでも白熊は見えるはず。誰にでも、白熊はいるはずなのです。作者は、私達にそう呼びかけてるのです。

それにしても、キラキラする文学表現で、細やかに描写されるシーンが連続し、どこかドキドキする美しい作品です。


『ある沼の伝説』では、『白熊』や『バッタに抱かれて』で出された、作者のメッセージが、抱腹絶倒のかたちで実現します。

愛すべきカエルの父と子が、勘違いに勘違いを繰り返しながら、それぞれ自己実現を達成するのです。

つまり、若い男性は、見た目の清純な美しさや、かわいらしさを女性に求めます。また、あり余る若いエネルギーは、付き合う女性の数も求めます。しかし、妻子ある中高年の男性は、最終的に、女性に知性と性的感受性の豊かさを求めます。そういう、気を使わなくてもいい、知的でセクシーな女性に巡り会うことが、年取った男性の幸せなのです。それを、筒井康隆や吉行淳之介、中上健次などの、露骨なエロやグロに陥ることなく、すがすがしく、面白く表現されているのです。そこが、すごい所です。それが、女性に関するカエル王子の自己実現と、カエル王の自己実現との違いです。

また、年取った石田君が求める自己実現は、すてきな異性との、幸せと安らぎの日々です。それに対して、若いカエル王子の求める自己実現は、「王位継承」という、社会的自己実現や立身出世です。これは、年齢にかかわらず、男性に内在する、二つの欲求パターンを表すとも言えます。このあたり、人間世界の男性の本質を、鋭く看破した比喩(ひゆ)でありましょう。

そして、沼の女神が、その中高年の男性の本音を知って、みずから理想の女性となって、本音の願いを叶えてくれる所が偉大です。その事によって、カエル王子の八百年の願いも、見事に叶えられる。これが、「本当の神の愛と知恵の深さなのだ」という、作者のメッセージなのです。

そして、本当の神の、捨て身の愛の実行を描いてるのです。「聖母マリアは、時に娼婦マリアとなって、迷える子羊を救われる」のです。それが、「観世音菩薩が、玉女(ぎょくじょ)の姿となって、汝を終生添い守らん」と、表現されてるわけです。

この、実際にあった親鸞上人の故事を引き、沼の女神がセクシーガエルに化身する描写の神々しさ、詩的情緒は、とてもカエルが現れるシーンとは思えません。

神や菩薩や聖女の真実とは、人間のような我はなく、人間界の小さな倫理、道徳にもしばられず、本当の愛や慈悲を実行するのです。それを、こんなギャグの短篇の中に、こっそりと忍ばせてあるわけです。

そして、最後の最後に、菊池寛の『父帰る』へのオマージュでもあることがわかり、読者はあっと驚きます。菊池寛の『父帰る』は、愛欲に走って出奔し、落ちぶれて帰ってきた父を、どう迎えるか…という話でした。しかし、戸渡阿見版『父カエル』は、本当に、父がカエルなのです。また登場人物の、自己実現という「欲心」を肯定しつつ、その奥に、義に生きる親子関係を描くという、人間賛歌（カエル賛歌？）の明るさがあります。

ハッピーエンドで終わるのは、簡単そうで難しいものです。物語の締めくくりが、安っぽく流れないように、決めの一文に、ひねりにひねった大どんでん返しの、ギャグを持ってきて終わるなど、到底思いつかないことです。深い感動の余韻と、こらえきれない爆笑が、入り混じって終わる小説など、今までにあったのでしょうか。

戸渡阿見作品を読むたびに、読者は、文学や小説に対する価値観が、すっかり変わることに気付くでしょう。最近では、書店の店主たちが、前作の『蜥蜴（とかげ）』を読んでハマってしまい、人に勧めてると聞きました。「なるほど、皆はこれを待ってるんだ」と、作品を読むごとに納得します。

『蝶々夫人』は、タイトルから、オペラ『蝶々夫人』へのオマージュであることがわかります。しかし、今度の主役は、人間でも虫でも動物でもない、三つの山なのです。

日本一の富士山にも、言うに言えぬ悩みがあります。白山と立山にも、富士山とは別の葛藤があります。持てば持った悩みがあり、なければない悩みがある。人は往々にして、うまく行っていたり、長所だったりする部分を、幸せとは気がつかず、ない物ねだりするものです。それが、山でもそうなのだというのが、作者の設定です。

しかし、富士山も、白山、立山も、ボタ山に言祝（ことほ）がれると、悩みがスーッと消えます。そして、「そ、そうかなあ……。そうなんだ」と悟った瞬間に、三山からそれぞれ神様が飛び出してくる箇所があります。これは、日本の神山、霊山の歴史の事実を踏まえた、実に奥深い、山岳信仰の本質を表すものです。まず、富士山は役行者（えんのぎょうじゃ）、白山（はくさん）は泰澄上人（たいちょうしょうにん）、立山（たてやま）は佐伯有頼（さえきありより）が開きました。神山、霊山とは、勝手に神山、霊山になるのではないのです。人間が敬い、祈りを捧げ、褒め讃えて言祝（ことほ）ぎ、初めて神山や霊山になるのです。

これは、日本の山岳信仰の歴史を見れば、一目瞭然の歴史事実です。作者は、多くの分野で博覧強記な専門知識があり、しかもそれが、何げない物語の下地になってます。そして、その知識や理論を背景に、奇想天外なストーリーを、次々と紡ぎ出すのです。ストーリーも面白いですが、その背景となる知識を知ると、一層面白く笑えて、ためになります。

ところで、この神山、霊山の物語は、人間にも同じことが言えます。誰しも、自分の長所はなかなか気がつかないもの。人から言われて、初めて気付くことが多いものです。

それではボタ山と、神山になった三山との違いは、どこにあるのでしょうか？　それは、ボタ山のセリフにあるように、標高の高さと、「尊い自然の年月を経てる」ことです。これは、神道における、霊威が現れる原則が、こっそりと説かれているのです。白山と立山には、興奮する恋のやりとりがあって、五百万年。富士山は、孤高の時間を貫いて五百万年。この年月は、あまり根拠のない、アバウトなものだそうです。しかし、それだけ、長い時を積み上げるから山となり、人々が仰ぎ尊ぶ、神山になるのです。

俗に、「鰯（いわし）の頭も信心から」と言います。鰯の頭でも、人々が何年も敬って祈ると、そこに霊が宿り、ご神体になるのです。高くて崇高な美しい山は、人々が長年敬って祈るので、神奈備山（かんなびやま）と言われる、神山や霊山になるのです。

また、実は白山の前身「バタフライダンサー」と、立山の前身「ピンサーロン」の名前には、オペラの「マダム・バタフライ」と、恋人の「ピンカートン」の名前の他に、別な意味も秘められています。

「バタフライダンサー」の「バタフライ」とは、「蝶々」の意味と、「ストリッパーが最後に脱ぐ布」との、二つの意味があるのです。ストリッパーが脱いでいくと、最後は、布の「バタフライ」だけになるのです。一方、「ピンサーロン」とは、俗に言うピンサロのことです。ですから、「バタフライダンサー（白山）」はストリッパー、「ピンサーロン（立山）」は、ピンクサロンの店主という設定です。なるほど～！　それで、二人は求めるものは「男性」、または「女性」、ということになるのです。そして、「ほらこの通り、立山です」「ほら、この通り、白山の清流がきれいでしょう」と、盛り上がるのです。

しかし、風俗の世界に生きていた二人でも、五百万年の歳月を辛抱し、努力を積み上げれば、立派な山になります。そして、自分の崇高さに醒め、自覚すると、人々が仰ぐ神山になるのです。だから、今の身分や、地位や職業は関係ない。どんな人でも、年季を経れば立派な山になれるし、人から敬われる神山や、霊山になれるんだ……と、作者は励ましてるのです。

ところで、作者によると、この物語にはもう一つの意味が隠されてるそうです。それは、「孤高を貫いた富士山が日本一になる」ということです。日本一になったのは、独りを貫いた富士山であり、恋人と盛り上がる白山、立山は、三名山の一つではあっても、日本一にはなれなかったのです。

お釈迦様もキリストも、役行者、行基、空海、白隠も、妻帯することなく、孤高の道を貫きました。西行、山頭火、一遍上人は、敢えて妻子を捨て、孤高の道を選んだのです。しかし、捨てるぐらいなら、初めから孤高のほうが良かったはずです……。それでも、彼らは孤高の道を貫いたからこそ、日本一、世界一の足跡を残せたのです。それは、言うに言えぬ悩みや葛藤、困難や孤独を越える中から生まれた、崇高なる足跡です。

夫や妻や家族があると、三名山の一つになれるほど極まり、人間ドラマの主人公にはなれますが、あらゆる局面を極わめた、レオナルド・ダ・ヴィンチや釈尊のようにはなれません。それだけ、家族にはエネルギーと時間が取られるのです。

しかし、孤高な大天才だけでは、歴史、人間ドラマ、文化、芸術は面白くありません。例えば、「歴史の蔭に女あり」です。崇高な富士山にはない、ラブロマンスの白山、立山がないと、この世は全くつまらないものです。だから、富士山はそこを羨むのです。しかし、白山、立山は、富士山ほど全てに完璧にはなれず、万能の美でないことを嘆き、富士山を羨むわけです。

どちらも、真実です。どちらも必要です。だから、三名山が必要であり、三霊峰揃ってこそ、時代を織りなし、歴史やドラマを作り、文化芸術を生み出すことができるのです。こうして、孤高の大天才とそれに次ぐ天才、つまり、人間ドラマの主役となるヒーローが必要なのです。さらに、それを支える普通の山、それに、底辺のボタ山があってこそ、世の中は正しく働き、天才達も生かされるのです。

因みに、ボタ山は、鉱山の削りカスですから、貧しい底辺の人を表し、才能や努力の年季もないけれど、神山や霊山を敬う心を持ちます。普通の山々とは、才能や努力の積み重ね、敬う心も、ほどほどの人を表します。それらの人々は、背の高さという才能や、自然の年月という努力を積み上げた、年季のある偉人や天才達を支えます。そして、オペラや芝居になると、観客となって応援するのです。こういう人々がいないと、偉人も天才も、世には生かされません。だから、孤高の大天才、優れた天才、普通の人々、ボタ山のような底辺の人々が、それぞれの立場で舞台を盛り上げ、楽しみ、一体となることが大切なのです。これが、この作品のメッセージであり、作者の隠れた意図の結論です。

『風の子』は、風の子とカエルの頓珍漢（とんちんかん）なやりとりから、風の子の親があらわれ、風の神様まであらわれます。これには、『風の歌を聴け』を書いた、村上春樹も驚くのではないでしょうか。なにしろ、「風の歌」どころか、「風の生い立ち」「風の独白」「風の本音」「風のけなげな愛」「風の泣き声」「風の笑い声」まで、全てを聞かせてくれるのですから。そして、荒木又右衛門から風の又三郎まで登場する、奇想天外な取り合わせ！

しかし、多くの読者は、風とカエルの語る言葉に、深い共感と強い思い入れを感じるはずです。擬人化された生物や非生物ですが、そこに、普遍的な「人間の真実」が仮託されてるからです。戸渡阿見作品には、完璧な人格は登場しません。神様ですら、日本の『古事記』に登場するキャラを、もっと親しみ易くしたものです。つまり、一神教にも、仏教にも、ギリシャ神話にもない、明るく楽しい日本的神観に基づくのです。それで、人も神も、どこかずっこけ、どこか間が抜けています。にもかかわらず、たくましさや楽しさ、また悲しさや淋しさが同居した、人間や多神教の神の本質が表現されてるのです。

そう考えると、戸渡阿見作品の多くに、ギャグや下ネタが登場するのは、必然だと言えます。日本神話にある岩戸開きの段の、宇受売之命（うずめのみこと）のストリップダンス。胸はおろか、陰部まで露出したので、神々は大いに咲（わら）ったと記されています。「咲」を、わらうと読ませてるのです。

これが天武天皇が、正しい歴史を後世に残そうと、国家事業として真剣に取り組んだ、我が国の正史なのです。さらに、イザナミ、イザナギ大神による、神生み国生みの段は、もっとリアルな性描写が続きます。これも、天皇が定めた、我が国の正史なのです。このように、我々の祖先が敬った神道の神々は、皆おおらかで、明るく開放的だったのです。

文学には、赤裸々な欲望や心の陰を描くために、性描写は避けて通れません。しかし、作者は、この神道の神々の世界こそ、日本文化の中心となる精神構造だと信じます。だからこそ、岩戸開きの神々のように、それを下ネタとして明るく、軽く、品よく、笑いに変えて描くのです。そこに、生きて躍動する「人間の真実」と、明るい神道観による、人間と現世の「絶対的な肯定」があります。

これが、仏教やキリスト教、イスラム教との大きな違いです。一番近いのは、おそらくユダヤ教でしょう。神の祝福は、家と子孫の繁栄として表れるからです。作者の思想は、古来からの明るい神道観に基づき、そこから、多様に広がりをもつものです。だからこそ、万人の胸に迫り、響き、共感させるのでしょう。

筒井康隆（出身は大阪）や村上春樹（出身は京都）も、神戸に長く住み、その気風をルーツにするユニークで柔軟な発想があり、どこか作者と共通するものを感じます。特に、同じように神戸の近くの西宮、しかも夙川（しゅくがわ）近くで育った遠藤周作とは、そのユーモアと、表現、父親との葛藤、イタズラ好きな性質など、大変良く似ています。

しかし、遠藤周作の精神の背景には、カソリック信仰がありますが、作者戸渡阿見には、古来からの神道の信仰があるのです。また、遠藤周作も戸渡阿見も、カソリック信仰や神道の信仰が精神のベースにはあっても、決してそれに拘泥（こうでい）せず、人間の本質を知る価値基準にするだけで、あとは自由自在な所がいい。

だから、戸渡阿見作品では、神様すらしかめ面をして、かしこまってはいません。

級長戸辺（しなとべ）の神は、神典に出てくる、れっきとした神様です。しかし、困り果てた顔で風の子の頭を撫で、一介のカエルに頭を下げて、事情を説明します。そして、親しく語らって豪放磊落（ごうほうらいらく）に笑うのです。『古事記』や『日本書紀』、『ギリシャ神話』や『イリアス』、『オデュッセイ』を読めば、かつて神々は驚くほど人間に近い存在であったことがわかります。文明の発達と、観念的な宗教理念、教条的な宗教観が広がったため、はるか彼方に追いやられた太古の神の姿を、作者はふたたび眼前に蘇らせます。神々と人間の復興、現代のルネッサンスがそこにあるのです。

だからこそ、作品の主題とメッセージが、どこか胸を打つのでしょう。神と人間と生命の、真実と本質をとらえ、真の「幸せ」とは何か。意外な展開で、私たちに提示します。

悩むこと、苦しむことは、美徳ではない。それを越えて悟り、人間が進化することが尊い。これも、厳密に言えば神道観なのでしょうが、作者は、この当たり前で大切な事を、私たちに語りかけます。しかし、この点を誤解してる文学や宗教が、どれほど多いことか。戸渡阿見ワールドで繰り広げられる、ギャグや下ネタの数々は、そうした固定観念をほぐし、解放させるものですが、そこから人間の本質を追求し、文学の領域に深く入るものです。

また、ギャグや下ネタがなければ、この原作をラジオドラマにしたり、作者の劇団で、芝居として上演する時に、まったくつまらないものになります。純文学的なら重すぎで、説教臭くなります。安部公房の劇団がうまく行かなかったのも、三島由紀夫の戯曲には、あまり客が来ないのも、同じ理由でしょう。また見に行きたいと思う、魅力に欠けるのです。だから、人気のある小劇場は、野田秀樹や「キャラメルボックス」、また「ワハハ本舗」をはじめ、ほぼ一〇〇%が、下ネタと言葉遊びのギャグを使います。むろん、そのルーツは、シェークスピアにあるのです。

だから、そこまで計算して、いやらしくないようすがすがしく、アク抜きされた下ネタを、随所に散りばめてあるのです。

ところで、今の若い人はご存じないと思いますが、荒木又右衛門は一六三四年に、実際に仇討ちの助っ人として、鍵屋(かぎや)の辻(つじ)で仇討ちを遂げた人物です。多くの演劇や講談、映画に取り上げられ、義と勇に秀でた人物として有名です。だからこそ、その養子となった風の子に、孝と義を貫くべきだと、カエルは言うのです。実は、こんな隠れた意味が、こっそり含まれてるのです。

『人食い熊』

人を食う熊の話なのに、なんて楽しいんだろう。冷静に考えたら、「人を食う熊」ってすごく恐いはずなのに、なぜかとても楽しい。

そう思いながら読み進めていくと、熊と兎と猟師の三人が意気投合するのです。最後には、お互いが食べ合ってしまう。あらら、どうなってるの!?と思うのも束の間。熊の台詞、「人を食った話は、その人が喜んでくれたら、これ程楽しいものはない。ハハハハ」を読んで、「ああ、皆が喜んでいれば、それでいいのだー」と、妙に納得しました。思わず、お腹の中の猟師と、一緒に笑ってしまったのです。

結局、この「人食い熊」というお話は、最初から最後まで、「人を食った話」なのです。もちろん、ここで言う「人を食った話」というのは、「食べる(eat)」という意味だけではありません。「人を小馬鹿にしたような言動をとる（広辞苑）」という意味の、「人を食った話」です。つまり、作品全体が、「人を食った話」＝「人を小馬鹿にしたような話」なのです。

ですから、この作品を真面目に読み、深い意味を色々と考えた人は、著者に「一杯食わされた」わけです。一方、深く考えずに楽しんで読んだ人は、著者と一緒に楽しく、おいしく作品を食べたわけです。

思えば、こうしたことは、日常生活の中でも起きることです。皆さんの周りにも、「人を食った話」をする人はいませんか。人を馬鹿にしたり、ウソついてみたり。あるいは、下ネタや寒いギャグを連発するおじさん。芸能ゴシップや人の噂話、くだらない話ばかりする女の子。

そういう話を聞いた時に、「えーーー。そんな話やだーー」とか、「また……、くだらない話をやってるよ」と思う人がいる一方、一緒にワイワイ楽しめる人もいます。

たとえば、スポーツ紙の東スポには、「雪男を捕獲した！」なんて記事が載ります。それを見て、眉をしかめ、「雪男なんているわけないじゃん。ばかみたい」と言う人もいれば、「お！　雪男！　前にも捕獲されたよね。あれ、どうなったんだ?」と盛り上がる人もいます。

有り得ないような、「人を食った話」でも、楽しんで幸せになる人と、真面目に考え、しかめっ面をする人がいます。どちらがより面白く、より楽しく、生きていけるのか。言うまでもないことでしょう。

さて、「人を食ったような話」を、楽しめばいいんだとわかった所で、戸渡阿見先生のより詳しい解説をご紹介しましょう。

この作品には、実際に食べる（eat）意味の「人を食う」と、人を馬鹿にする（make fan of）という意味の、「人を食う」が交互に出て来るのです。なるほど……！　そういう視点で読んでいくと、確かにその通りです。

まず、最初に熊が出て来て、「さっき食べた人間が、腹の中で叫んでるんだ」と言います。これは、もちろん、実際に人間を食べてるわけです。そして、消化不良だから、目に隈ができ、クマッたクマッたと言ってるのです。「だから、ぼくは言ったんだ。人間を食べるのは、いやだって」は、make fan of の人を食った話の始まりです。そして、兎の「ぼくも、人間に食べられるのはいやだ」は、実際に食べられることを言ってます。

そして、熊のお腹の中で叫ぶ人間は、有り得ないような、人を食ったお話なのです。また、熊のセリフ「で、何回ぐらい人間に食べられたんだい」の所で、また make fan of の意味に変わります。だから、兎が「もう、四～五回になるかなあ。でも、ぼくはまだいい方だよ。ぼくの友達なんか、人間に、三十回ぐらい食べられたと言ってるよ」と、答えるのです。もう、三十回ぐらい、人を食った話のネタになり、人間に食われたということです。

そういう流れで読んでいくと、そのあとの熊のセリフ「そりゃ、ひどい話だね」や、兎のセリフ「まったく、ひどい話だよ」も意味が良くわかります。

そして、その後にやってきた猟師が、「まったく、君達の話は、人を食った話だね……」と言います。このセリフでは、「話」という単語が二回出て来ます。これが実は、大きなヒントになってるのです。実際に食べたわけじゃなくて、あくまでも「話」の上で食ったり、食われたり……。だから、熊は「その通りです。人を食った話です」と言い、兎は「私のは、人に食われた話です」と言うのです。

しかし、熊の言葉では、eatの食う意味も含まれており、二つの意味で答えてるのです。兎の答えも、二つの意味が含まれてます。そして、猟師は歯無しになって、もう完全にハナシだけで、eatの意味はなくなってるのです。

そして最後には、「和気藹々（わきあいあい）として、お互いを食べ合った」となります。これは、お互いに「人を食ったような話」をして、盛り上がったという意味です。

ところが、次の文、「まず、猟師が兎を食べ、その猟師を熊が食べた」になると、実際に食べる（eat）の意味に変わります。しかし、熊に食べられた猟師が、熊のお腹の中で、「何度やっても、人を食った話は面白いなあ」と言う所で、また有り得ない人を食った話になり、人を食った話の面白さをアピールするのです。これが、なんとも面白く、ユーモアがある所です。

そして最後に、「本当だ、人を食った話は、その人が喜んでくれたら、これ程楽しいものはない。ハハハハ」という、熊の名ゼリフが出てきます。つまり、最後に熊も、人を食ったような話が好きなことを、告白するのです。そして、兎、熊、猟師の三人は、人を食ったような話が好きという所で、気持ちが通じ合ってるので、現実にeatで食われても、「楽しければいいんだよ」となり、明るく終わるわけです。

改めて、この作品を読んでみると、このような「仕掛け」があることに気づきます。と言っても、最初に述べたように、あまり深く考えないで楽しむのが、いちばん幸せな鑑賞なのです。

しかし実は、もっと深い意味も込められてるのです。

その、「もっと深い意味」とはこれです。地球上の動物は、食うか食われるかの、「弱肉強食」の世界に生きてるようでも、実はそうではない。今西錦司（いまにしきんじ）が言ったように、「棲（す）み分けて」生きてるのです。つまり、「共存共栄」の世界に生きてるというものです。

「食うか食われるか」という考え方は、「老子」の「天地に仁（じん）なし。万物をもって芻狗（すうく）（藁人形（わらにんぎょう））となす」のように、それが冷徹で厳しい、自然界の掟のような感じを与えます。しかし、実際はそうではない。神様の大愛とも言える、持ちつ持たれつの自然界の法則に、皆が生かされてるという、明るい前向きな捉え方があるのです。その考え方が、この作品に秘められてるのです。ここが、宮沢賢治の「注文の多い料理店」の、ニヒリズムを越える戸渡阿見先生の自然観です。

もっと詳しく説明しましょう。戸渡阿見先生が、以前アフリカのケニアに行った時、ある話を聞いて、大いに悟ったそうです。

その話とは——。アフリカのある大草原で、ある時、ライオンやヒョウなどの猛獣を、徹底的に殺したそうです。その理由は、ライオンやヒョウが、かわいいシカを食べてしまうので、ある人が「シカがかわいそう」と思い、殺したそうです。

　ところが、しばらくして、その人がその草原に帰って来ると、平和なシカの楽園になってると思いきや……。シカが絶滅してたのです。ライオンやヒョウがいなくなると、シカが増えすぎて、一定量しかない草原の草を食べ尽くし、エサがなくなってシカが全滅したのです。ライオンやヒョウがいた時は、シカの数が調整され、絶滅が免れていたのです。群れから外れた年取ったシカや、病気で弱いシカから狙われ、食べられてしまう。しかし、実はそれがシカの数を調整し、シカの種の存続を守っていたのです。また、ライオンやヒョウなどの天敵がいるお陰で、シカには常に緊張感があります。その緊張感が、シカの生命力や繁殖力、また進化の力を強めるのです。

　だから、人間心で「シカがかわいそう」と思うのは、短絡的な考え方です。シカの本質的幸せを思えば、猛獣がいて、適度に緊張があり、数が調整された方が幸せなのです。これが、自然界に満てる、種を生かし持ちつ持たれつの、種の棲み分けが行われる原則です。つまり、これが、大自然の大愛や調和や進化の力の発露なのです。

　しかし、猛獣に食われるシカにとってみれば、神も仏もあるものかと思うでしょう。それは、人間でも同じです。戦争に遭ったり、災害に遭ったり、突発的な事故や犯罪に遭ったりすると、誰でもそう叫びたくなります。しかし、それは天が与える、人間として進化する天機だとも言えるのです。少なくとも、「孟子」はそう言って人々を励ますのです。

ところで、自然界の中では、「食ったり」「食われたり」が普通に行われます。しかし、それは造物主の大愛や、「棲み分け」の法則の視点から言えば、「弱肉強食、優勝劣敗」という、強い者勝ちの冷酷なものではないのです。むしろ、大自然の中で、お互いの命が「生かし」「生かされる」という、アイヌの熊祭りの意味のようなものだとも言えます。熊祭りでは、先祖の霊が熊の姿となり、子孫に熊肉を与えてくれることを感謝して、熊を生贄（いけにえ）にする祭をします。これが、アイヌの猟師と熊との、感謝と喜びの食い合いです（この場合は、人が一方的に熊を食べます）。これは、魚や牛や豚、ニワトリなども、命に対する感謝と喜びをもって食べれば、命を殺（あや）めても、決して殺生（せっしょう）にはならず、命を生かすことになると言う、神道やキリスト教、アイヌの生命観にも通じます。その真実の一端が、「人食い熊」の中に表現されてるのです。だから、実際に最後に食べた話でも、明るい結末になってるのです。それが、熊のお腹の中の人間が、「草原の中に一人でいるのは淋しい」という、言葉のヒントです。

しかし、戸渡阿見先生はおっしゃいます。

「しかし、それよりも、あまり深く考え過ぎず、楽しんでもらうのが一番です。有り得ない話ですが、そもそも、コミックもアニメも映画も、有り得ない話ばかりです。

スターウォーズやスパイダーマン、バットマン、X-メン、そして、ドラゴンボールやウルトラマン。どんな人気作品も、有り得ないような、『人を食った話』ばかりです。韓流ドラマもそうです。それでも、それを見た人達はハッピーになります。読んでハッピーになり、見てハッピーになるなら、それでいいじゃないか。さらに、そこから何かを学べば、さらにハッピーじゃないか。

あんまり真面目に考えすぎると、小説の楽しさを忘れますよ。人生もしかり。あんまり真面目に考えすぎると、人生の楽しさを忘れますよ。まあ食ったり、食われたり、お互い楽しくやりましょう」

なんと明るい、幸せな考え方でしょうか。食って幸せ、食われても幸せ。そう思えば、人生に起きるすべてのことが許せるし、幸せのはずです。

生きてるだけでも、これほど楽しいことはない。そんな、希望を与えてくれるのが、この「人食い熊」という作品なのです。

『犬』

「三羽の椋鳥（むくどり）が、トリドリに踊っている。

『サンバ』」

冒頭からグッと心つかまれ、「わははは!」と声を上げて笑ってしまいます。あとでサンバは、産婆の意味でもギャグられます。息つく間もなく、繰り出されるギャグの嵐。と思えば、

「その光景を見ていた犬は、フッと笑って、去ぬのであった」

なんて、お洒落なギャグなのでしょう。去りゆく犬の、後ろ姿が見えてくるような、素敵な描写です。

最初の印象は、とにかく「楽しいお話！」でした。それが、読み進むにつれて、奥に流れるテーマが出てきます。カラスの夫婦愛、椋鳥（むくどり）の親子愛、ニワトリの恋愛、猫の愛。踊る椋鳥（むくどり）はニワトリに迷惑がられ、ニワトリの愛は猫に理解されない。猫の妖しげで自分中心な愛に、大阪のニワトリがかみつく。カラスの妻は、愛する夫がいながらも、恋多き伝説のソプラノ、マリア・カラスのように、優しい犬に愛を感じる……。

その人間模様（動物模様？）は、傍から見ればギャグの応酬なのに、本人たちは真剣そのものです。

そして、犬だけがそんな動物達を心配して、

「愛の形は様々だから、自分と同じではないよ」

「なにより、平和が大事だべー」

と説くのです。感動的な台詞です。真面目な秋田犬が、少しおろおろしながら、動物達に語りかける様子まで、見えてくるようです。

優しい犬。平和な心の犬。

なのになぜ、犬だけが孤独で淋しいまま、この物語は終わるのか…？

「実はね……」と、戸渡阿見先生から教えていただきました。
なんと先生は、この小説を「今までで、最もシュールで皮肉な作品として書いた。と言うか、愛のなんたるかを、ギャグの女神が教えてるのです」と、おっしゃるのです。そのキーワードは、何度も繰り返し出てくる、「意義を考えた」という言葉です。

所構わず踊り狂う、傍若無人な椋鳥(むくどり)。すぐにトサカに来て、ケンカを売る大阪のニワトリ。言わば、ナニワトリです。カラスは、思いこみが激しくて浮気っぽく、犬にまで色目を使う。猫は一人、彼女との夜を妖しく待って、「我関せず」の自己中心主義。どれもこれも、偏った性格の持ち主ばかりです。

けれど、そんなはた迷惑な動物達は、なりふり構わず活動し、それぞれに恋人がいて、実際に愛を得ています。それなのに犬はどうか。何をするでもなく、犬小屋の奥にモゾモゾ座り直し、また「意義を考える」だけです。「これはどういう意義かなぁ」と、犬小屋に籠もって、クソマジメに考えるだけなのです。カラスが色目を使っても、その意味やタイミングさえ摑めません。そして、結局「愛を実感したことのない犬は、犬小屋で、意義を考えるしかなかった」。考えてないで、君も動きなよ！　と言いたくなってしまいます。

そう、愛とは、意義を考えるものじゃない。「愛とは、偏りながらも実行し、感じるものだ。クソマジメに、自分の犬小屋に閉じこもり、意義を考えても得られないもの。そして、感じ取れないものだよ」と、戸渡阿見先生はおっしゃるのです。

椋鳥(むくどり)や猫やニワトリや、カラスみたいな人のほうが、そのことをよく分かっていて、実行しているのです。そして、「愛の形はさまざまだ」と語る、そういう犬の愛が、実行がなくて考えるだけの、一番よくない愛の形なのです。

この小説は、そんな人物に、強烈な皮肉を与える物語だったのです。


「犬」はひとり呟きます。

「犬の中で最も愛に満たされ、幸せだった犬は……。やはり……、渋谷の犬かな。一日八回キスしたという、あの伝説の犬、『チュー犬八公』だ」。けれど、そう呟く「犬」には分からない。同じ犬なのに、なぜ忠犬ハチ公は愛され、自分には恋人もいないのか。

忠犬ハチ公は、雨の日も風の日も、すでに死んでいるご主人様を、駅に出迎えて待ち続け、忠義と愛を実行したのです。だから、人々に長く愛された。そんな忠犬ハチ公の、まったく反対なのが、実行力のない主人公の「犬」です。

戸渡阿見先生はおっしゃいます。

「たいへんシュールな作品だけど、そういう作品があってもいいんじゃないか。解説されて、初めて作者の意図が分かるような作品が、あってもいい」と。

実は先生自身、学生時代にアンドレ・ジードの『狭き門』を読んで、「なんだこれは」と思い、意味が解らなかったそうです。後に、遠藤周作の解説を読んで、「そういう意味だったのか……！」と、納得した経験があるそうです。

『狭き門』の主人公とヒロインは、互いに愛し合っている。主人公はヒロインを、それこそ聖母のように大切に扱うのですが、ヒロインに冷たくあしらわれる。ヒロインも主人公を愛しているはずなのに、主人公をこっぴどく拒絶し、悲しませた上に、最後は孤独に死んでいく。悲しみにくれる主人公は、最後に従妹に、「あなたはまだ目が覚めないのね」と、なじられるのです。

一体これは、どういう小説なのでしょうか。

女性には誰でも、聖母マリアのような一面と、娼婦マリアのような一面があります。優しく聖母のように扱われ、ヒロインも初めは幸せだったでしょう。しかし、そんな男の態度は、次第に暑苦しくなるのです。時には、娼婦のように自分を愛し、ドロドロした愛欲の中に自分を遊ばせてくれる、男らしい要素も欲しいのに……。それが分からない、ただ優しいだけの男は、結局ヒロインを死なせ、自分も不幸になってしまう。そして、男は最後まで、何がいけないのか目覚めないまま終わる……。

きっと、『狭き門』の主人公も、この「犬」タイプなのでしょう。聖母マリアじゃない、奔放なオペラ歌手のマリア・カラスのような、女性の愛もある。それが分からない犬は、「わからん……。なぜ聖母マリアが、カラスになるのか……」と、また的ハズレな意義を考える。そんな、マジメな殻を破れない、犬や『狭き門』の主人公は、結局、誰も幸せにできなかったのです。

「その殻を破れ！　愛とは、意義を考えるものじゃない。クソマジメに、犬小屋に閉じこもらず、実行して感じるものなんだ！　そして、相手にも愛を感じさせ、幸せにするものなんだ！」と、戸渡阿見先生の、「喝」が聞こえてくるようです。

そして、これは単に、「愛の極意」というだけではありません。

絵や音楽や、スポーツでもそうなのです。どれもこれも、実行して感じるもの。閉じこもって意義を考え、上達する絵や音楽やスポーツはありません。一枚でも多く描き、奏で、動くしかない。そうして、初めて体得するものばかりです。

読み解けば読み解くほど、その深い教えに驚かされる小説です。皆様は、どこまで、作者の意図を感じ取れたでしょうか？

勿論、「作者の意図とは違う読み方をしても、一向に構いません」と、戸渡阿見先生はおっしゃいます。でも、こういう意味があることが分かれば、もっと楽しめて、もっと深く納得できるはずです。

それにしても、この短いお話の中に、ギャグがてんこ盛りに盛られ、さらに、こんなに幾つもの愛の形や、愛が不在の悲しみ、また深いテーマが秘められてることが、本当に驚きです。

意義を考え続ける孤独な犬が、犬小屋を出て、愛を実行して幸せになる日が来ることを、読後、願わずにはいられませんでした。

誰もがその名を知る作家「カフカ」。しかし、その作品は、独特の不条理さに満ちています。

「不条理」という言葉を広辞苑で引くと、二種類の意味が載っています。一つは、「道理に反すること、不合理なこと」という一般的意味。

もう一つは、フランス発祥の実存主義の用語ですが、こう書かれています。

「人生に意義を見出す望みがないことをいい、絶望的な状況、限界状況を指す。特にフランスの作家カミュの不条理の哲学によって知られる」と。

カフカは、カミュより三十年も前の人ですが、カミュやサルトルの活躍で実存主義がクローズアップされると、カフカが、「実存主義の先駆者」として位置づけられるようになります。言わば、カフカは実存主義的「不条理」の、代表という見方もされる作家なのです。

そういう、カフカには、不条理で不安に満ちた作品を書かずにはいられなかった、作家の本能があったのでしょう。そして、事実、彼の作品は世界的に認められ、難しい評論がいくつもなされています。評論家が、カフカについて読み解いたものを見ると、作品の根底に「不安」があるとか。ユダヤ人として生まれながら、ドイツ語を使わねばならなかった、社会情勢の反映だとか。父親への劣等感だとか。実に、様々な解釈がなされてることが分かります。

けれど、そんなカフカ論を、木っ端微塵に破壊する魅力が、戸渡阿見作品の『カフカ』にはあるのです。

カフカの小説が、もしも非常にストレートな主張に満ちたものなら、今ほど評価は得られなかったでしょう。多様な解釈が可能なように思わせ、どこか意味不明で理解不能な、まさに、作者の言うように、「可不可」だったからこそ、評論家が好んで取り上げたことは間違いありません。

しかし、わけが分からない、意味不明なだけの叙述なら、狐や狸でも出来る。それだけのことならば、万物の霊長たる人間が、あえて書くほどのことはない。この小説の中では、狸が玉袋爪に片足をあげ、狐がいきなり羽毛布団を敷いて、カフカをしばき倒すなど、わけのわからない行動を繰り返します。ちなみに、狸が片足を上げる表現は、「たんたん狸の○○、風もないのにブーラブラ、そーれを見ていた親狸、片足上げてブーラブラ」という、有名な歌から来ています。しかし、カフカが「これはどういう意味なんですか?」と聞けば、「あんたに意味を聞かれるのは心外だ!」と、まことに、もっともな返事がかえってきます。読者も、「そりゃそうだ、その通り」と頷くばかりです。

狸はこう言います。

「あんまり、意味を頭で考えて書いたら、ヒラメキが、ヒラヒラメッキリ減るものね」

小説は感じるものであって、意味を読み解くのは二の次、三の次のこと。ところが、カフカの小説を読んだ者は、「これはどういう意味だろう……?」と、考え込まされてしまうのです。そして、迷路に誘い込まれた気になります。

確かに、何かを例えて小説を書いた結果、不条理になってしまうことはあるでしょう。けれど、そこに神なるものがなければ、単なる意味不明な小説でしかありません。そこが、意味がよくわからなくても、読後感がスッキリとし、詩心が伝わり、言葉の美感やイメージに浸れる川端作品との違いです。川端康成の作品は、言葉で表わす日本画のように美しい、とも言われます。

評論家に人気のカフカですが、カフカの小説を読んで「感動した！」とか、「心あたたまる余韻を感じた」などと思う人は、いないのではないでしょうか。

カフカが生前に発表したのは、ほんの数編にすぎません。残りの作品は、発表もせず、トランクに原稿を溜め込み、「焼き捨ててくれ」と友人に言い遺して亡くなったのです。ところが、その友人が、遺言に反してカフカの作品を発表したため、後世にその作品群が残ったのです……。

なぜカフカは、自分が書いた小説を、焼き捨ててくれと言ったのでしょうか？

文学史上の謎ですが、作者は、実に鮮やかに解き明かしました。

「簡単なことです。カフカ自身が、残すに値しないと思ったからです。また、多くの人の批評に耐える、自信がなかったのでしょう。あの、不条理で意味不明な作品が、自分の主張だと思われるのが心外だったし、自信がなかった。また、社会を混乱させると思ったから、『焼いてくれ』と言ったのです。

もし、カフカ自身に、何か主張したいことや、残したい中身があったのなら、絶対に『焼いてくれ』と言うはずがない。どこかで発表してくれと、託すはずです。つまり、カフカは、浮かんでくるものをそのまま書いただけで、書いてる自分自身にも、何を書いてるのか、分かったようで分からないまま、そのまま書いたのです。また、日記のように、何かにたとえて思うがまま書きなぐったのでしょう。よく推敲（すいこう）して、ちゃんと作品に仕上げたら、絶対発表してくれと言うはずです。自分でも、半分解っていて、半分分からないまま書いたのです。だから、『可不可』なのです。

これが、神なる自動書記のような場合なら、ヒラメキをそのまま残しても、素晴らしい文体や余韻のある、文学になったでしょう。シェークスピアの作品は、タネ本があったとしても、ソネットを含め、どの作品にもそれを感じます。けれど、カフカは、そうではなかったのです。天来のヒラメキを受けても、彼の意識を通して書かれた作品は、重いし暗いし、支離滅裂なものが多い。特に何かを教えるものでもない。安部公房は、それより少し軽くて明るいけれど、基本的には同じです。ほとんどの作品は、読めば気が沈み、落ちこみます。決して、陶冶された魂が写し出す、天来のヒラメキとは思えません。

カフカは、ヒラメキを、自分の感性で感じ取り、それを表現したい思いにかられ、文章に表わしただけです。そこに、意図的な意味などありません。

もちろん、そういう小説があってもいいでしょう。それは言わば、文章で表わす絵画のようなものです。けれど、それが美しい絵か、感動的な絵かと言えば、全くそうではないのです。気味悪い、悪夢のような、分裂気味で意味不明な作品が出来ただけです。絵で言えば、ムンクのようです。しかし、ムンク美術館で実際に見た絵は、明るく強いエネルギーに満ちたものでした。だからこそ、美術史に残り、人々に愛されたのです。つまり、一見おどろおどろしいようでも、生命力あふれる作品群だったのです。

カフカの場合は、特に聖なるものや、次元の高い感動的なものを、受け取ったわけではないでしょう。錯覚のような、霊的空間や『もののけ』が語るもの語りを、直感で受けて表わした小説なので、狸や狐に化かされて書いてるのと、根本的には同じです。だから、カフカが、狐や狸と友達になったと書いてあるのです。

カフカは、こんなものが意味ありげに残ったら、世の中に、誤解と悪影響を残すと思ったのでしょう。また、充分に推敲せず、批評に耐える自信もなかった。そして、これが、自分の内味だと思われたくなかったし、自分でも、小説としての価値に自信がなかったのです。だから、『焼いてくれ』と言ったのでしょう。私の小説の最後で、カフカが、『今までの自分の作品を反省した』とあるのは、ただヒラメキに任せて、意味がわからない小説を、意味ありげに残したことへの反省です。また、カフカの晩年（四十一歳没）の、自信のなさの表われです。

そのような小説なのに、後世の評論家が、無理矢理、その中に意味を読みとろうとするから、おかしなことになるのです。

小説が、人間の表現する芸術の一つであるならば、その神髄は、物語の面白さだけにあるのではなく、文体の波動や気や、文章に宿る詩心、そして、その奥にある魂の高貴さにあるはずです。そのことさえ分かっていれば、カフカの小説が、人類史上に残る、傑作のような扱いを受けるものかどうか。自ずと分かるはずです」

カフカについて、これほど的確な解説がされたのは、初めてのことでしょう。

「わかるものは可。わからないものは不可。それが、一つの作品に交互に出て、読む人は、可不可（カフカ）の状態になります。そして、実は書いた私も、可不可（カフカ）なのです」

作中の、カフカのこのセリフに示されるとおり、本人も、その意味を明示できない作品が多いのです。霊的な存在を意味する「もの」が、語るのを書いたのが「ものがたり」の語源です。だから、意味を考えながら書いてると、ヒラメキというものはどんどん鈍くなるものです。それ故、敢えて、そういう姿勢をとったのでしょう。

ところで、えてしてヒラメキ人間は、論理性が乏しく、論理に強い人間は、あまりインスピレーションがありません。特に、文芸の世界に於いては、それが顕著です。

「小説とは、読者一人ひとりが、自由に解釈したらいいものだ」という、都合のよい隠れ蓑の為に、これまでの作家は、己の作品の意味を明示せず、評論家は、小難しい言葉を並べ立て、読者を更に「狐につままれた」状態にするだけでした。しかし、これは、お互いに片方しか無いために、できなかったのではないでしょうか。作者のように、星降るようなヒラメキと、論理性を併せ持ち、文学博士号Ph.Dを二つも持つ小説家は、世界でも珍しいはずです。

作者は、明解な解説をした後に、いつも「あまり、頭で意味を考えてばかりでは、小説は楽しめないよ」と言います。これは、紛れも無く、自由自在に両方できる人にしか、言えないセリフです。

とは言え、作者は、カフカを全く否定しているわけではありません。

「カフカの、異様な小説が世に出たお蔭で、『ああいう小説があってもいいんだ』と観念が破れ、多様な小説が生まれる下地が造られました。日本で言えば、村上春樹、安部公房、坂口安吾、内田百閒、稲垣足穂、川上弘美や倉橋由美子など、数え切れないぐらい沢山います。また世界では、サルトル、カミュ、ベケットをはじめ、数え切れないほど多くの表現者が、大なり小なり、カフカの影響を受け、それぞれ素晴らしい作品を残しています。文学史上に残した、カフカの大きな足跡は、誰も否定できないものです。小説自体の、意味が解る解らない問題と、その小説が世界にインパクトを与えた、文学史上の意義とは別の話です」

その意味では、カフカを高く評価しているのです。しかし、

「小説というのは、説明的すぎてもいけないが、何を言ってるのか、さっぱりわからないというのでは、明らかに表現不足です。多義的な小説というのがあってもいいが、それは、中心的な考え方や、言いたいことがある程度わかり、さらに、派生的に広がって意味が幾つも読みとれる、というものであるべきです。また、詩のように、景色や心象風景を描写するだけでもいいが、言葉の調べや文体に、詩心や高貴な魂を感じさせる、気韻生動（きいんせいどう）の美しさや感動が必要です。そこまで、言葉や文章を練らないと、文章芸術としての小説とは言えません。

昭和天皇や、皇族の短歌指導をされている岡野弘彦氏は、以前に私の短歌の先生でした。岡野先生は、師匠の折口信夫（しのぶ）（釈迢空）から、『到底言葉には出来ません、ということは決して言ってはならない。言葉にならない美や感動を、いかに言葉や調べを工夫して、第三者に解るよう、

表現するかが一番大切なことだ。それでこそ、芸術と言えるのだ』と、徹底的に指導されたそうです。

説明的すぎないけれど、読者が分かるようにすることが、作家や表現者の責任です。すなわち、ある程度の知的レベルのある人が、分かるような表現が出来ないのは、単なる表現不足なのです。それを有り難がったり、強いて意味を読みとろうとしてまで、カフカを高く評価するのは、不思議なことです。なぜ、公務員で、四十一歳で早死した彼が、全ての作品を燃やしてくれと遺言したのか、良く考えるべきです」

本当にその通りです。カフカについて、今までモヤモヤしてた思いが、一気にスッキリ整理された感じがしました。

それにしても、この作品のパワーはすごい。なんと楽しく、明るく、そして、強烈な文学論になっているのでしょうか。暗くジメッと、小難しく考えることを尊ぶような、世界の文学論を、この短篇一つで根こそぎ変える力があります。その上に、冒頭の玉袋爪の繊細な描写や、印象的なラストの一文など巧みな筆致に自然に引き込まれます。世界の、評論家たちに読ませたい一品です。

意味がありそうに書かれたカフカの小説を、有り難がって読み解こうとする評論家は、それこそ雲霞（うんか）のごとくいます。けれど、どう見ても「カフカ本人が、焼き捨ててくれと言い残した作品を、そこまで評価するというのは、何か基準が狂ってませんか」と、思ってしまいます。

冒頭で、カフカのことを、実存主義的「不条理」の代表作家と見なされる、と書きました。しかし、焼き捨てたかった原稿をさらされ、一方的に「実存主義の先駆者」などと言われたことを、カフカはさぞ迷惑がったことでしょう。「私は、そんな主義は知らないし、あの小説にそんな意味はない。勝手なことを言うな」と、カフカが、眉をしかめる姿が浮かびます。

逆に、この『カフカ』を読んだら、「まさにその通り。よく言ってくれた!」と、物静かなカフカも、思わず喝采を送ったに違いありません。この小説『カフカ』は、すぐれた文学評論が、そのまま短篇小説になっているという、稀有な作品なのです。

**戸渡阿見（ととあみ）プロフィール**

兵庫県西宮市出身。本名半田晴久。1951 年生まれ。同志社大学経済学部卒業。武蔵野音楽大学特修科（マスタークラス）声楽専攻卒業。西オーストラリア州立エディスコーエン大学芸術学部大学院修了。創造芸術学修士（MA）。中国国立清華大学美術学院美術学学科博士課程修了。文学博士（Ph. D）。中国国立浙江大学大学院中文学部博士課程修了。文学博士（Ph. D）。カンボジア王国首相顧問（オフィシャル・アドバイザー）、カンボジア王国福岡名誉領事、カンボジア大学総長、人間科学部教授。中国国立浙江工商大学日本言語文化学院教授。その他、英国、中国の大学で、客員教授として教鞭をとる。現代俳句協会会員。社団法人日本ペンクラブ会員。また、劇団、薪能、オペラ団を主宰し、主演し、プロデュースする。著作は、抱腹絶倒のギャグ本から、学術論文、詩集、句集、画集、料理本、精神世界、ビジネス書など、あらゆるジャンルに渡り、230 冊を超える。新作ギャグのホームページは、いつも大好評。また、パーソナリティーのラジオ番組「さわやか THIS WAY」は、FM、AM など 16 局の全国ネットで、18 年のロングランを続ける。2007 年 9 月には、短篇小説集『蜥蜴（とかげ）』を上梓す。2008 年 10 月に上梓した、短篇小説集『バッタに抱かれて』は、日本図書館協会選定図書となる。

戸渡阿見公式サイト　http://www.totoami.jp/

短篇小説集　バッタに抱(だ)かれて

2008年10月10日　初版第1刷発行
2008年12月10日　　　第3刷発行

著　者　戸渡阿見
発行者　笹　節子
発行所　株式会社　たちばな出版
〒167-0053 東京都杉並区西荻南2-20-9　たちばな出版ビル
電話　03(5941)2341(代)　　FAX　03(5941)2348
ホームページ　http://www.tachibana-inc.co.jp/
印刷・製本　萩原印刷株式会社

ISBN978-4-8133-2157-6　Printed in JAPAN